2
最強パーティは残念ラブコメで全滅する!?
Saikyou Party ha Zannen Lovecome de Zenmetsu suru !?
恋と水着の冒険天国
フィオ
（フィオーネ・ペイルブルー）
魔法使い
ナギに想いを寄せる最強の魔法使いで、絶賛思春期中。水着でナギのハートを掴もうとするが——
「ナ、ナギ君……み、みみみみみみ、見た……？」
「南国の太陽の下、エイリスちゃん様も開放的になってるよ！」
エイリス
（エイリス・ウォード）
神官
バーサーカー神官の幼女。海の熱気でテンションも更にヒートアップ
JN211174

ミフユ
（ミフユ・シントウ）
サムライ
男装した美少女剣士。今のところ周囲にバレていないが、流石に水着はキケン!?
「ナ、ナギ殿！　こっちを見るなーっ！」
「せめて感想の十や二十は言うのが紳士の礼儀でしょう！」
レイア
盗賊
高貴な身分出身らしい少女。一応盗賊だが、優雅に海を満喫している

紅い戦団《レッド・パトリオン》、いざビーチへ！
ルティ
（アルティ・カリスト）
冒険メイド
ナギの幼馴染みでメイドの少女。慇《いん》懃《ぎん》無《ぶ》礼《れい》にナギへのセクハラを働く
「大丈夫、水着はエロいものを選んである！」
「やぁん、ご主人様ったら遠慮なく視姦してきますね？」
「これくらいじゃないとみんなには……負ける……！」

「おいおい、なんで脱ぎながら入ってくるんだよ……！」
「こんなもの置いてましたっけ？なんだかご主人様に似てますけど」
ナギ
（ナギ・スレインリード）
グランドマスター
絶賛思春期中の最強戦士。
水着だらけの状況は、当然嬉しいけどしんどい
ナギ（ぬいぐるみ）脱衣場に!?

「いかがわしいことをしてるんじゃないですわよね……？」

フィオの青い髪の先が、ナギの顔に軽く触れる。
顔が近い。フィオの怖いくらい整った顔が、あまりに近くにある。
ナギも身体を起こそうとしたが、動けない。
まるで金縛りに遭ったみたいだ。
これは、どんなポーションでも回復魔法でも治せない——
無人島に2人きり

「ナギ君、わたしね。
実はわたし、君のこと――」

Saikyou Party ha
Zannen Lovecome de
Zenmetsu suru !?

CONTENTS

プロローグ 005

1 恋と癒しの南国バカンス 019

2 女神都市の小さな楽園 069

3 勢い任せのグランドクエスト 137

4 ふたりきりの無人島生活 192

5 告白優先の最大決戦 250

エピローグ 291

あとがき 301

最強パーティは残念ラブコメで全滅する!?2
恋と水着の冒険天国

鏡遊

ファンタジア文庫

2651

口絵・本文イラスト　おにぎりくん（アリスソフト）

2
最強パーティは残念ラブコメで全滅する!?

プロローグ

一つ目巨人《サイクロプス》は大地を激しく震動《しんどう》させながら歩いてくる。

巨人族は竜《ドラゴン》に匹敵《ひってき》する強力な種族であり、一つ目巨人はその中でも最強クラスの戦闘《せんとう》能力を持つ。

一つ目巨人がわずかに身体《からだ》を動かすだけで、周囲の地面が震動し、人間は暴れ馬にでも乗っているかのように激しく揺《ゆ》さぶられてしまう。

あたりは穏《おだ》やかな草原地帯だが、一つ目巨人が起こす震動のせいで、あちこちで地面が割れ、地獄《じごく》のような光景になりつつある。

これは〝大地の怒《いか》り〟などとも呼ばれる、一種のスキルだ。

竜の吐息《ブレス》と比べれば地味ではあるが、対峙《たいじ》した者は脚《あし》の踏《ふ》ん張《ば》りが利《き》かず、攻撃《こうげき》力も速さも大きく落ちてしまう。

巨人に立ち向かう冒険《ぼうけん》者にとっては、厄介《やっかい》なことこの上ない。

「ああ、くそっ、地面がゆらゆらして気持ち悪い！　ちょっとおとなしくできないのか、このデカブツは！」

叫《さけ》んだのは、軽装の鎧《よろい》に長剣《ちょうけん》という装備の少年——ナギ・スレインリードだった。

ボサボサの茶色の髪《かみ》に、細身ながらも締《し》まった体格。

今年十八歳で、もうすぐ少年期が終わろうという年頃《としごろ》だ。

しかし、その若さに似合わず、ナギは凄腕《すごうで》の冒険者だったりする。

いや、世界最強と言っても決して大げさではない。

この地上でただ一人、すべてのスキルを操《あやつ》る者——グランドマスター。

十八種の職業すべてを極《きわ》めた者だけが到達《とうたつ》できる境地に届いた、冒険者の頂点に立つ存在——それがナギという少年だ。

「もう帰りたくなってきた……これだから巨人は嫌《きら》いなんだよ！」

頂点に立っているのだが、まだ十八歳の少年だ。弱気なところも多々あったりする。

「はぁ～、わたくしも嫌いですわ。なんですの、あの格好は」

ナギの隣《となり》でぼやいているのは、盗賊《とうぞく》のレイア。十七歳。

派手な金色の長い髪に、目鼻立ちが整った美少女。

ただでさえ目立つのに、宝石をちりばめたドレスを着ている。

隠密性《おんみつ》が重要な盗賊とは思えない服装だ。

「上半身は裸《はだか》で、腰《こし》に布を巻いただけなんて……本当にみっともない。服装に気を遣《つか》えない殿方《とのがた》は、得てしてレディの扱《あつか》いも雑だったりしますわよ。ですわよねっ！」

なぜか、レイアはナギを睨《にら》んできている。

そうかー、男も服装には気をつけるべきなのか。まあ、俺は冒険者だから身だしなみなんか気にするのはむしろダメだけど——などと、ナギはのんきに考える。

「ダメですわ、こいつ……わかってませんわ」

レイアは口調だけは丁寧《ていねい》なのに、「こいつ」とか聞こえた気がするが、錯覚《さっかく》だろう。

どすどすと大地を揺るがしながら近づいてきた巨人が、手にしていた巨大《きょだい》な棍棒《こんぼう》を振《ふ》り下ろしてくる。

「オオオオオンッ！」

棍棒といっても、ナギの胴回《どうまわ》りよりもはるかに太く、巨人の怪力《かいりき》で振り下ろされた一撃は、人間など文字どおり木《こ》っ端微塵《ぱみじん》にしてしまう。

「おおおおおおおおおおおおっ！」

ナギもまた巨人と同じように吠《ほ》え、剣を両手で構えて棍棒の一撃を受け止めた。

防御《ぼうぎょ》を得意とする職業、聖騎士《せいきし》のスキル——〝甲鉄《ストーンウオール》〟だ。

肉体を鋼《はがね》と化して、超《ちょう》重量の攻撃をも受け止める。

「さすがだ、ナギ殿《どの》！　いざ、ミフユ・シントウ、参る！」

黒髪を高い位置で結んだ、着物姿の美少年――サムライのミフユが躍《おど》り込んでくる。

年齢《ねんれい》は明かしていないが、十七歳くらい。

男性にしてはかなり小柄《こがら》であるものの、その分動きは素早い。

「シントウ飛剣流《ひけんりゅう》――四の太刀《たち》、烈風断《れっぷうだん》！」

揺れる地面から跳《と》び上がり、巨人の片脚の腱《けん》を切断してしまう。

その剣は巨人の脚に触《ふ》れていない。高速で振るわれた剣が、風の刃《やいば》と化して巨人の分厚い皮膚《ひふ》を裂《さ》き、太い腱までも断ち切ったのだ。

「凄《すご》いぞ、ミフユ！　おまえの剣は最高だ、ミフユ、まさに地上最強の剣士！　俺でも及《およ》ばない凄腕だ！　いやあ、もうかなわないな！」

「……ナギ殿、気持ち悪いぞ」

ミフユに、じろりと睨まれてしまう。

だけど、知ったことか。ミフユには、誰《だれ》も気づかないような失敗で落ち込み、すぐに腹を切ろうとするクセがある。

ミフユの故郷独特の習慣で、切腹《せっぷく》という。自分の腹を切るとか完全にイカレている。

このサムライ少年は爪《つめ》を切るような気安さで腹を切ろうとするので、大変に困るのだ。

彼の剣に一分《いちぶ》の乱れもないと褒《ほ》めまくってやるしかない。

「あ、でもほら、巨人さん、どすどす歩いてきますよ。脚の腱を斬《き》られても動けるなんて、デタラメな身体ですねえ。ミフユ様の剣でもダメですかー」

「なっ、おまっ……⁉」

ナギは絶句してしまう。

前進してくる巨人を指差して、いらんことを言ったのはルティだった。

本名、アルティ・カリスト。十八歳。冒険メイドという珍《ちん》職業に就《つ》いている。

長い黒髪を三つ編みにして、メイド服という格好。背中には自分の身体よりも大きなリュックを背負い、鍋《なべ》やフライパンといった調理器具を横に吊《つ》り下げている。

いかにもおっとりした雰囲気《ふんいき》で可愛いのだが——性格にはやや問題がある。

こういう余計なことを言うから、腹黒メイドとか言われるんだよ、こいつは！

「我が剣は通じずか——無念！」

「わーっ、もう腹切ろうとしてる！　やめろっての！」

ミフユはその場に正座して、脇差《わきざ》しを抜《ぬ》き、ためらわずに腹に突《つ》き立てようとした。

ナギはミフユに飛びつくようにして、刃が刺《さ》さる直前に取り押さえる。

「頼《たの》む、腹かっさばいて果てさせてくれ！　武士の情け！」

「かっさばかれてたまるか！　いいから落ち着け！　まったく……レイア、頼む！」

「もう預かってますわ。まったく、いつものことながら……」

と、いつの間にかレイアがミフユの手から脇差しを奪《うば》い取っていた。

レイアは物を盗《ぬす》むのを嫌《いや》がるとんでもない盗賊だが、ミフユの切腹を止めるときはきっちり仕事してくれる。

「まー、お腹切っても大丈夫《だいじょうぶ》だけどね！　このエイリスちゃん様がいれば、生きてる限り、虫の息だろうとずばっと治すぜ！」

杖《つえ》を手に、びしっとポーズを決めている幼女が一人。

銀髪《ぎんぱつ》をツインテールにして、白い法衣を着ている。歳は十四歳。

見た目のとおり、神官だ。パーティでも最重要と言われる回復魔《ま》法《ほう》を一手に引き受けている。

実際、腹を切った程度なら瞬《また》く間《ま》に治してしまうだろう。

難点を言えば、可愛らしい外見をしているのに、中身が非常に残念というか……。

クセモノ揃《ぞろ》いのパーティの中でも、性格の摑《つか》めなさは随一《ずいいち》だ。

「虫の息になられても困るんだが……っと、みんな逃《に》げろ！」

ナギは、とっさに指示を飛ばす。

巨人が巨大な棍棒を横に薙《な》ぎ払《はら》うようにして振るってきたのだ。

ナギはもちろん、メイドのルティまでもが跳び上がってその一撃をかわす。

冒険メイドに戦闘能力はないが、ルティは職業をほぼ極めている。そこまでのレベルに達すれば、基礎《きそ》能力だけでも並の戦士や武闘《ぶとう》家を超《こ》えてしまう。

「オオオオオオオオンッ」

再び、巨人が咆哮《ほうこう》を上げた。

さっきの一撃は、脚の腱を切断されているとは思えない威力《いりょく》だった。

まともにくらえば、それだけでパーティが全滅《ぜんめつ》していたかも。

「まだ元気だな。まあ、これなら試せるか。よし、魔法でぶっ飛ばしてくれ、フィオ！」

ナギは、さっと後ろを振り向いた。

そこには、青髪、赤い瞳《ひとみ》の美少女がいた。

フィオーネ・ペイルブルー。通称《つうしょう》は、フィオ。

青を基調としたワンピースに、長い杖を握《にぎ》っている。年齢は十七歳だ。

職業は魔法使い。竜をも葬《ほうむ》るほどの強力な魔法を操る。

ただし、今のフィオにはちょっとした問題があるのだが……。

「むー……」

と、フィオはなぜか頬《ほお》をふくらませてそっぽを向いている。

竜に匹敵する怪物《かいぶつ》が目の前にいるのに、視線を逸《そ》らしてるのも凄いが。

「フィ、フィオ？　できれば魔法を使ってみてほしいんだけど……」

「………やっと、普通《ふつう》の冒険者になれたと思ったのに。普通の冒険者になって、それから……それから……」

フィオは、ぶるぶると肩《かた》を震《ふる》わせ、涙目《なみだめ》になっている。

ナギは、フィオが普通の冒険者になってやりたいこと――を知っている。

フィオ自身はそれをナギに話したときの記憶《きおく》が曖昧《あいまい》なのだが。

少し前まで、フィオはモンスターを引き寄せてしまうという特異体質の持ち主だった。

呪《のろ》いでもあったその体質は既《すで》に消えているのだが、今は別の問題が発生してしまっている。

そのため、残念ながら今のフィオもまだ普通の冒険者とは言えない――

「ゆ、許せない……」

「な、なにがだ？　フィオ、言いたいことがあるなら俺に言って――」

「わからない！　なにが許せないのかもわたしにはさっぱりわからないけど、許せない気持ちが爆発《ばくはつ》寸前で今にも吹《ふ》っ飛びそうっていうか、もう我慢《がまん》できないからあの巨人に八つ当たりして全力全開の魔法を叩《たた》き込んじゃうよ！」

「ちょっと待て！　魔法はいいんだけど、全力全開⁉」

いきなりまくし立てられて圧倒《あっとう》されつつ、ナギが慌《あわ》ててフィオのもとへ駆《か》け寄る。

普段《ふだん》なら、全力の魔法は大変にけっこうなのだが——今のフィオにそれを放たれてはおおいに困る！

「一旦《いったん》落ち着こう、フィオ！　ちょっとこっちへ！」

ナギは、ぱっとフィオの手を取って走り出す。

「あっ……」

フィオが、なにやら照れたような声を漏《も》らした。

ナギも自分の行動に気づいて、驚《おどろ》いてしまう。つい勢いでフィオの手を掴んでしまったが、普段ならこんなことはできない。

「ウオオオオオッ！」

「…………っ！」

しかし、回り込まれてしまった！

この一つ目巨人、巨体《きょたい》な上に脚《あし》の腱を斬《き》られているくせに、意外に素早い！

「ちっ……落ち着く暇《ひま》もないのかよ！」

「……この巨人、やっぱり許せない」

「…………っ！」

ナギは、フィオから放たれた強烈《きょうれつ》な魔力《まりょく》の波動に、思わず手を離《はな》してしまう。

「せっかく、手を繋《つな》いで逃避行《とうひこう》だったのに……思いっきり邪魔《じゃま》された……」

「と、逃避行？」

よくわからないが、フィオのご機嫌《きげん》がさらに悪化したのは間違《まちが》いないようだ。

「全力全開なんて生ぬるい……限界を超えた、わたしの魔法を冥土《めいど》の土産《みやげ》にするといい」

まるでボスモンスターのような台詞《せりふ》を吐《は》きつつ、フィオは杖を構えた。

「そういえば、最近は雷《かみなり》系を使ってなかった……あれだけ大きければ当てやすそう」

そして、フィオはむにゃむにゃと詠唱《えいしょう》を始めた。

さっきまで晴れていた空に、どよどよと灰色の雲が急速に集まってくる。

雲の中には、青白い放電の輝《かがや》きが見える。

「あ、あれは雷系最大魔法〝天地雷裂《ストライクボルト》〟――！　それはヤバいって！」

驚くナギの前で、フィオがあっという間に詠唱を完了《かんりょう》させる。

最強クラスの魔法使いであるフィオは、高速詠唱《フラッシュ・ワード》というスキルも極《きわ》めているのだ。

「わたしの天を衝《つ》く怒《いか》りが今、稲妻《いなずま》となって大地へと落ちる！」

わけのわからんことを言いつつ、フィオが杖を振り下ろす。

空を覆《おお》い尽《つ》くした灰色の雲から、一筋の雷が轟音《ごうおん》とともに降ってくる。

「ゴアアアアアアアアアアアッ！」

稲妻は一つ目巨人に命中し、その脳天から足先までがまばゆい輝きに包まれる。

そして――

「まずいっ、来るぞみんな――って、もう逃げてる⁉」

ナギが注意を飛ばしたときには、既にパーティの仲間たちは逃げ散っていた。

恐《おそ》るべき逃げ足の速さだった。

しかし――それでもまだ遅《おそ》かった。

「きゃあああああっ！」

と、パーティの仲間たちから悲鳴が上がる。一人、男も交じっているはずだが、なぜかすべて女性の声に聞こえた。

それはともかく――

フィオが放った雷系最大魔法が巨人の身体から跳ね返り、パーティに向けて襲《おそ》いかかってきたのだ。

魔法の反射――

それこそが、フィオに新たに備わってしまった呪いだ。

「……だから、ヤバいって言ったのに」

「ご、ごめんなさい。つい……」

ナギとフィオも、反射してきた稲妻をくらっている。

幸いというか、魔法は完全に反射されるわけではなく、ごく一部が跳ね返ってくるだけだ。

しかし、フィオの魔法はごく一部だろうとパーティを全滅に追い込むほどの威力だ。

一つ目巨人は、黒焦《くろこ》げになって倒《たお》れている。

だが、パーティの仲間たちもみんな身体から煙《けむり》を上げながら倒れている。

「おーい、みんな生きてるかー？」

「ああ、服が焦《こ》げてしまいましたわ……」

「あとで私が繕《つくろ》いますよ、レイア様……」

「あはは、ぴかぴかーって綺麗《きれい》な稲妻だったなー」

「か、雷《かみなり》怖い……い、いや！　武士たる者、この程度はなんでもない！」

どうやら無事だったようだ。さすが、みんな頑丈《がんじょう》にできている。最強パーティと讃《たた》えられているのは伊達《だて》ではない。

「まあ……威力はともかく、再確認できたな。フィオ……しばらく魔法は禁止だ」

「えっ、それじゃナギ君の——みんなの役に立てない!?」

フィオは、ずいぶんショックを受けているようだ。

とはいえ、魔法が反射されるようではさすがに自由に使っていいとは言えない。

ナギたちが戦うモンスターはたいてい強力な連中なので、抑《おさ》えた魔法を使ってもあまり意味がない。

つまり、パーティで最大の火力であるフィオの魔法が封じられたことになる——。

ナギたちのパーティ——紅い戦団《レッド・バトリオン》は常に全滅の危機にさらされてきた。

ただ、今はこれまでとはまた違う危機を迎《むか》えたようだった。

フィオ（のナギ君観察）日記 Vol.7

Σ月∞日

ナギ君たちと一つ目巨人の討伐に行ってきた。

魔法反射でまた全滅しかけちゃったけど、ナギ君は大丈夫だって言ってくれた。その優しさが胸にビンビン来るの……！

でも、魔法反射の呪いに怒ってたせいで、ナギ君の戦いを見逃したのが悔しい！

ナギ君のかっこいい戦いを見るのが数少ないわたしの楽しみなのに。

ナギ君の凄い剣さばきとか見た日は、その記憶をおかずにパンがぱくぱく食べられちゃう。♡

夜、寝る前にナギ君とのイチャイチャを妄想してるけど、かっこいいナギ君を見た日は、一気に5章分くらい話が進んじゃうの。

ああ、今日の戦いを見逃してなければ妄想がはかどったのに。

ナギ君、今度はちゃんと見ておくから……！

1　恋《こい》と癒《いや》しの南国バカンス

グランドクエスト――

モンスター退治を生業《なりわい》とする冒険者《ぼうけん》たちが挑《いど》むクエストの最高峰《さいこうほう》。

クリアした者は存在せず、何百年もの間、実在すら疑われてきた。

しかし――つい最近になって、そのグランドクエストをクリアした冒険者たちがいる。

この地上で唯一《ゆいいつ》の、最高ランクの真銀級《ランク・ミスリル》に達したパーティ。

同じく唯一無二の存在であるグランドマスターが率いる紅い戦団《レッド・バトリオン》が、遂《つい》にグランドクエストの攻略《こうりゃく》に成功した。

その情報が、エンフィス帝国《ていこく》の首都ベラルにある冒険者ギルド中央本部に伝わると、蜂《はち》の巣《す》をつついたような大騒《おおさわ》ぎになった。

まさか、グランドクエストが実在していて、しかもクリアするパーティが出るとは！

「わらわは、そなたらが達成すると信じておったよ……」

「嘘《うそ》つけーっ！」

その中央本部にある、冒険者ギルド団長の執務《しつむ》室。

ナギは、その執務室を訪れていた。

パーティのリーダーとして、グランドクエストの内容を報告中なのだが……。

デスクに座っているのが、すべての冒険者を統《す》べる団長だ。

肩《かた》のところで切り揃《そろ》えた白い髪《かみ》に、着物姿。

見た目は十歳くらいの幼女にしか見えない。

だが、団長になってから最低でも五十年は経過しているらしい。

年齢《ねんれい》となると、もはや謎《なぞ》すぎて追及するのも恐ろしいほどだ。

「あんた、俺らに遺書をよこせとか言わなかったか！」

団長は、グランドクエストに出発する直前のナギたちに会っているのだ。

「あれは冗談《じょうだん》じゃよ、お茶目な冗談。そなた、変に生真面目《きまじめ》なところがあるのう」

「全然お茶目じゃない……あんた、本気だっただろ」

「まあ、攻略できたのだからよかったではないか。わらわの故郷には〝終わりよければすべてよし〟という格言があっての」

「……別に終わりもよくなかったんだがな」

ナギは、だいたいの報告を終えている。

フィオの呪《のろ》いが解けたのと同時に、新たな呪いが発動したことも報告済みだ。

「なんじゃ、また告白できなかったのか。グランドクエストに挑める度胸があるくせに、そなたはわけわからんのう。童貞《どうてい》なのか？」

「問題はそこじゃない！　ていうか、最後のはなんだ⁉　その質問になんの意味が⁉」

「年寄りの話に意味があると思うな。長く生きれば言葉に含蓄《がんちく》があるというわけではないのじゃよ」

「偉《えら》そうになにを言ってるんだ、なにを……ていうか、なんの話をしてるんだ」

　ナギは頭が痛くなってきた。

　この幼女にしか見えない団長に年寄りだとか言われると、混乱してしまう。

「ああ、そうじゃ。グランドクエストの内容はようわかった。新種のモンスターたちに、時を遡《さかのぼ》る能力を持つボスか……わらわはそやつらに挑むこともできなかった。そなたらの成功は嬉しいが、ちょっと悔《くや》しくもあるのう」

「………………」

　団長は、現役だった頃《ころ》にグランドクエストに挑戦《ちょうせん》したことがあるらしい。

　クエストがあまりにも危険だと判断し、引き返してしまったようだが。

　引退して長い団長でも、自分がクリアできなかったクエストを他のパーティに攻略されるのは悔しいようだ。

「過去に戻る能力を持つボス……わらわも若き日に帰りたいのう……」

「…………」

そういう悔しさではないらしい。

見た目が幼女なくせに、若き日がどうとか言わないでほしい。

「それより、報告はこれで終わりだよ。もう帰っていいのか？」

「なんじゃ、せっかちじゃのう。ああ、そうじゃ。一つ目巨人《サイクロプス》の退治もご苦労じゃったの。紅い戦団が引き受けてくれて助かったぞ」

「まあ、俺たちもフィオの呪いがどんなもんか、強めのモンスターで試してみたかったしな。しかし、あそこの〝未踏領域《ブラック・リージョン》〟はあのレベルのモンスターがゴロゴロいんのかな」

未踏領域――

広大な中央大陸は、多くの冒険者が何百年も探索《たんさく》を続けているが、まだ人が踏《ふ》み込んでいない地域は少なくない。

そういった地域を〝未踏領域〟と呼ぶ。

つい最近、この首都ベラルから西方にある地域に突如《とつじょ》として新たな未踏領域が現れた。

ちょっとした小国程度の面積があり、そこには多くのモンスターが巣くっている。

ただ、今回現れた未踏領域はどういうわけか、ほとんどの人間が意識すらしておらず、特にどこの国の領土でもなかった。

おそらく、強力な人払《ひとばら》いの結界が張られていたのだろう。

そこが、ナギたちが挑んだグランドクエスト――〝生きた古城《オートキャッスル》〟が存在した場所だった。

〝生きた古城〟を中心とした、その新たな未踏領域には強力なモンスターが多い。

発見されると同時に多くの冒険者が足を踏み入れたが、周囲を山や崖《がけ》に囲まれ、未踏領域に入れる場所は限られている。

その入り口となる一帯に、一つ目巨人が立ちふさがっており――

ナギたち紅い戦団が、その討伐《とうばつ》クエストを依頼《いらい》され、倒してきたのだ。

「グランドクエストは全部で七つ、ある――か。他にも未踏領域はゴロゴロある。そこのどれかに、残り六つのグランドクエストがあるんじゃろうなあ。ただ、未踏領域の調査は冒険者ギルドでも難しくてのう」

「だろうな。しらみつぶしに当たるのは、ちょっと現実的じゃないな」

どこにグランドクエストの舞台《ぶたい》となる場所が存在しているのか。

それも、冒険者ギルドでは話題になっているが――今のところ、見当もついていない。

未踏領域は、強力なモンスターが徘徊《はいかい》していて入り込めないという場所も多いが――

単純に地形が険しく、空でも飛べなければ侵入《しんにゅう》不可能という場所も珍《めずら》しくない。

ナギたちが挑戦した〝生きた古城〟からは、大鷲《おおわし》がお迎えにやってきた。

まあ、その大鷲がグランドクエストのボスだったのだが。

「っと、そうだ。グランドクエストのクリア報酬《ほうしゅう》も出るんだよな？　もちろん、一つ目巨人の討伐報酬《とうばつほうしゅう》も」

「おお、そうじゃった。未踏領域の開放はギルドにとっても大きな収入になるからのう。新しいクエストも発生するじゃろうし、ギルドの管理区域に指定できれば、土地の開発でかなりの利益が発生するじゃろう。というわけで、これじゃ」

団長が、机の上に二枚の明細書を差し出してくる。

紅い戦団のこなすクエストのクリア報酬は金額が大きいので、銀行に振《ふ》り込まれ、明細が渡《わた》されるだけなのだ。

「おいおい、えらい金額だな。ウチも相当なクリア報酬を稼《かせ》いできたけど——」

ナギは少し驚《おどろ》いていた。これまで受けてきたクエストでは見たことがない金額だった。

グランドクエストのクリア報酬は、七百万ジェニル。

多少贅沢《ぜいたく》をしても、このまま一生働かなくてもいいくらいの大金だ。

「これだけの金があれば……！」

ナギは、うっとりする。

フィオと結婚《けっこん》して、愛の巣を購入《こうにゅう》して、子供ができても余裕《よゆう》で暮らしていける……！

「……そなた、なにか先走ったことを考えておらんか？」

「気のせいだ」

ナギは表情を引き締《し》め、きっぱり答える。

「それじゃ、明細はもらっとくよ」

と、ナギが手を伸《の》ばしたところで、団長がさっとその明細書を自分のほうへ引き寄せた。

「あのな、ナギ殿《どの》？　実は、一つ目巨人以外にも厄介《やっかい》そうなモンスターがおっての。このままでは、冒険者も調査隊も入れなくて困っておるのじゃが……」

団長が上目遣《うわめづか》いで見つめつつ、可愛らしく首を傾《かし》げてくる。

実年齢《じつねんれい》的には相当なお年寄りだが、見た目は完全に可愛い幼女。

そんな仕草は反則なのだが――

「そうか、そりゃ大変だな。でも俺ら、他にやることがあるんで」

「ああんっ、つれないぞ、グランドマスターー！」

「そうそう何度も面倒《めんどう》なモンスターと戦ってられるかー！」

しかし、ナギは冷酷《れいこく》に突《つ》き放《はな》す。

どれだけ可愛い幼女っぽいなにかに迫《せま》られようと、ナギの心はそんなことでは揺《ゆ》れない。

ナギの心は、青い髪の魔法使《まほうつか》いが既《すで》に占領《せんりょう》しているからだ。

「では、面倒なモンスターと戦わずに、他にやることとはなんじゃ？」

「そんなもん、決まってるだろ」

フィオの魔法の反射は、パーティを全滅《ぜんめつ》させかねないということはよくわかった。

その上で、ナギにとって重要なのは、モンスター引き寄せ体質に続いて発現したこの強《きょう》烈《れつ》な呪いをフィオがどう思っているのかということ。

あの八つ当たりを兼《か》ねた強力な雷《かみなり》系魔法は、呪いへのフィオの怒《いか》りそのもの——となれば、ナギがどうすればいいのか、そんなことはわかりきっている。


「俺たち紅い戦団は、二つ目のグランドクエストに挑戦する！」

首都ベラルの街外《はず》れに建つ、巨大《きょだい》な館《やかた》——

その館の居間で、ナギは力強く宣言した。

館はかつて帝国貴族の住居だったが、紅い戦団が買い取ってアジトにしている。

貴族が暮らしていた頃は百人ほどが生活していたらしいので、六人のパーティだけでは部屋が余りすぎるくらいだ。

ただ、異常なほど有能なメイドが一人いるため、生活に不便はない。

今、パーティの仲間たちが集まったこの居間にも、メイドが淹れた美味《おい》しい紅茶と、ケーキが並んでいる。

和《なご》やかなティータイムに、唐突《とうとつ》に飛び出したナギの宣言に仲間たちは――

「バカじゃありませんの、ナギさん？」

「おバカさんですねえ、ご主人様は」

「バカだな、ナギ殿は」

「ばーかばーか、ナギナギばーか」

予想どおりの心あたたまる反応だったが、ナギは怯《ひる》まない。

フィオのご機嫌《きげん》を直し、ついでにパーティの貴重な火力である魔法を元通りに使えるようにするには――グランドクエストをクリアして彼女の呪いを解かなければ！

「いいか、みんな。グランドクエストは確かにキツいけど、そこに試練があってクリアが決して不可能じゃないなら迷わず挑《いど》む！　それが冒険者《ぼうけん》ってもんだろ！」

「適当なことを言ってますわね、ナギさん。一つ目のグランドクエストをクリアしてからまだ一ヶ月も経《た》っていませんわよ。どれだけ苦労させられたか、もうお忘れかしら？」

「レイっち、エロエロな姿を見られたの、忘れてもらったほうがいいんじゃないかー？」

「エイリスさん、わたくしは淑女《しゅくじょ》です。はしたない姿を殿方《とのがた》に見られたことなど、生涯《しょうがい》で一度もございませんわ。ございませんったら」

レイアは優雅《ゆうが》に紅茶をすすりながら、長い脚《あし》を組み直した。

なんでもないような顔をしているが、耳が赤くなっている。

グランドクエストでは、レイアは巨大食人花《しょくじんか》に捕《と》らえられ、触手《しょくしゅ》で絡《から》め取られて、あられもない姿を晒《さら》してしまった。

パーティの女性陣《じん》全員が、同じ状況《じょうきょう》になったのだが。

「グランドクエストと、一つ目巨人の報酬もあるんですし、しばらくのんびりしてもいいのでは？　もちろん、メイドはご主人様のどんな命令にも従いますけどね」

「いや、別に命令じゃないけど……」

ルティはパーティのリーダーであるナギをご主人様と見立てている。

ナギにとって、ルティは同郷の幼なじみだ。

幼い頃から見知っている女の子を、メイドとしてこき使うつもりは微塵《みじん》もないのだが、ルティは常にナギの命令を絶対と見なしている。

——というのはルティが言ってるだけで、ナギとルティは主従関係でもなんでもない。

「もちろん、僕はどんなクエストだろうと一刀両断。臆《おく》することなど決してない」

「あー、ミフィは新しい剣《けん》の試し斬《ぎ》りがしたいんだろ。辻斬《つじぎ》りじゃ物足りないよなー」

「辻斬りなんかするか！　だから、僕を猟奇殺人鬼《りょうきさつじんき》扱《あつか》いするな！」

ミフユは、グランドクエストのボス戦で愛剣を失っている。

サムライが使う武器はニホントウという。

普通《ふつう》の武器屋では、まず見かけないレアなシロモノだ。

ミフユは、故郷のツテを使って、新しい刀を手に入れたらしい。

今は刀《かたな》の慣らしをしているところだ。

一つ目巨人に挑んだのは、第一にフィオの魔法の反射がどの程度かという実験と、もう一つはミフユの試し斬りのためでもあった。

ミフユはモンスターを切り刻むことをなによりも愛す、爽《さわ》やかな少年だ。

剣の斬れ味の確認は大事なのだ。

「ただ、臆することはないが、勇気と無謀《むぼう》は別だ。また剣を失うようなことになれば困るし、どうも最近はナギ殿の行動が怪《あや》しくて……」

「俺がなにか⁉」

ナギは美少年《ミフユ》もイケる、という噂《うわさ》が冒険者の間で流れているらしい。

ミフユがハンパではない美少年なだけに、妙《みょう》な信憑性《しんぴょう》があるとか。

なんて迷惑《めいわく》な話だろう。

「でも実際、最近はご主人様ってミフユ様の身体《からだ》をまさぐったりしてますよねー」

「まさぐってる!?　いやいや、切腹《せっぷく》を止めたりしてるだけだろ！」

「……あ、ううう……」

「ミフユもそこで照れるな！　話が変な方向に行くだろ！」

まさか、ミフユには思うところがあるのか。

「でもさー、どうやればグランドクエストに挑めるかわからんだろー？　前みたいに親切に使者は来ないみたいだし」

「ぐっ……」

一番アホっぽいエイリスが痛いところをついてきた。

「お、おまえ、グランドクエストに詳《くわ》しいんだろ。二つ目のグランドクエストに挑戦《ちょうせん》する方法も知ってるんじゃないか？」

「んー、グランドクエストは資格を満たした者のところに使者が現れるっていうんだから、あの鎧野郎《よろいやろう》みたいなのが来ないってことは、資格がないってことじゃないのかー？」

「資格……グランドクエストを一つクリアしてるんだぞ、俺たち。資格が必要なら、充分《じゅうぶん》満たしてないか？」

「うーむ、パーティのリーダーが童貞《どうてい》だとダメなのかな？」

「そ、それは関係ないだろ！」

このちびっ子神官、なんてことを！

「ええええええええええっ、ナギ君っ、どどどどどどうて……！」

「気にするな、フィオ！」

さっきから黙《だま》っていたフィオが、猛烈《もうれつ》な反応を見せている。

ナギは慌《あわ》ててフィオをたしなめつつ――

「あと、フィオ。さっきから気になってたんだが、それはいったい……？」

「ああ、これはミフユ君に教わったの。東方だと罪人《ざいにん》はこうやって地べたに座らされて、石を抱《だ》かされるんだって」

「……………」

さっ、とナギが視線を向けると、ミフユは既に目を逸《そ》らしていた。

このサムライ、いらんことを言った自覚はあるらしい。

フィオは地べたではないが、屋敷《やしき》の床《ゆか》に正座しているのだ。

しかも、どこから持ってきたのか、一抱《ひとかか》えもある石を膝《ひざ》の上に置いて。

「……うん、反省したいのはわかったから、それはやめないか？　反省してるというより、拷問《ごうもん》を受けてるみたいだぞ……」

「でも、わたしの魔法でまたナギ君たちが貴《とうと》い犠牲《ぎせい》に……」

「いやいや、誰《だれ》も死んでないから！　幸い、今回は治療院《ちりょういん》送りにもならなかったしな！」

ちょっと前に炎竜《レッドドラゴン》を討伐《とうばつ》したときには、フィオの魔法が暴走してレイアとルティが治療院送りになった。

今回は全員が強烈な稲妻《いなずま》を浴びたが、エイリスの治癒《ちゆ》魔法で完全回復できた。

ナギやエイリスが防御《ぼうぎょ》魔法を展開できなかった場合の状況予測もできたので、一つ目巨人討伐にはおおいに意義があったと言えるだろう。

「とにかく、このままじゃフィオの魔法が使い物にならない。これじゃあこの先、普通にクエストに挑戦するのも難しくなるだろ」

とりあえず、正論で正面突破《とっぱ》だ。ナギの性格では搦《から》め手《て》など思いつかないが。

「そうなると——グランドクエストをクリアするしかない。やってやろうぜ！」

「毎度毎度勢いで押し切らないでくださいませ！　わたくしたちも、そうそうノリで頷《うなず》くほど甘くありませんわよ！」

「頼《たの》む、レイア。次のグランドクエストもたぶん厳《きび》しいダンジョンだろう。盗賊《とうぞく》のおまえの力は絶対に必要なんだ」

「……し、仕方ありませんわね……そこまで頼まれたら」

「チョロい、なんてチョロいお嬢様《じょうさま》なんだ……二秒で態度変わったぞ。二秒後には、ナギにお手とかするんじゃないか？」

「聞こえてますわよ、エイリスさん！　わたくしは高貴な者の義務《ノブレス・オブリージュ》を果たそうとしているだけで！」

「まあまあ。これで、チョロア様は落ちたとしてですね」

「ルティさん、誰がチョロアですの!?」

もはや原形がほとんどないが、本人は自分のことだと気づいたらしい。

「ご主人様と私、それにチョロア様が賛成。ミフユ様はどちらかというと反対。エイリス様は面白《おもしろ》ければなんでもいいとして」

「うおぅ、ルーたん、あたしをよくわかってるね！」

びしぃ、とエイリスが嬉《うれ》しそうに親指を立て、ルティも同じようにする。

この二人は妙に気が合っているようだ……。

「あとは、フィオ様ですね。フィオ様の答え次第で決まりそうです。フィオ様は、二つ目のグランドクエストに挑みますか？」

ルティ、その質問は愚問《ぐもん》だ。ナギは、内心笑ってしまう。

グランドクエストをクリアしない限り、フィオは魔法《まほう》がまともに使えないのだから。

誰よりもグランドクエスト挑戦を望んでいるだろう。

フィオは、ゆっくりと口を開き――

「わたしは、グランドクエストに挑まなくてもいいと思う」

「よし、みんな。グランドクエスト挑戦は中止だ」

「あっさりしてますわね！　フィオさんもナギさんも！」

「というかナギ殿《どの》！　てのひら返しがひどいな！」

ギャーギャーとレイアとミフユが騒《さわ》ぎ出す。

ルティとエイリスも、呆《あき》れきった目をナギに向けてくる。

そうは言われても、フィオが挑まないというなら中止だろう。

ただ――ナギにもちょっとした疑問はあった。

「でも、フィオ。グランドクエストをクリアすれば、少なくとも魔法反射の呪《のろ》いは解けるんだぞ。怒《おこ》ってたみたいなのに、呪いを解かなくていいのか？」

「〝天地雷裂《ストライクボルト》〟を放って、だいぶすっきりしたから……」

なるほど、とナギは納得する。

まあ、あれだけ派手に魔法をぶちかませばストレスも発散できるか。

「それより、わたしから提案が——いいえ、お願いがあるの、リーダー」

「な、なんだ？」

フィオにそんな風にあらためて言われると、緊張《きんちょう》してしまう。

「グランドクエストではみんな、何度も死ぬような目に遭《あ》って。でも、その報酬《ほうしゅう》を使ったのはわたし一人。みんな、報酬はいらないって言ってくれたけど、わたしだけ得をしたのはいけないと思うの」

「得、かなあ……？」

ナギは首を傾《かし》げてしまう。

フィオの〝モンスター引き寄せ体質〟という呪いは、グランドクエストの成功報酬である〝支配と願いの魔晶石《セイクリッド・クリスタル》〟を使って解除できた。

だが、その代わりに魔法反射の呪いがかかっている。

フィオに利益があったとは、とても思えないのだが。

「少なくとも、わたしは納得できないの。だから、グランドクエストと一つ目巨人の報酬の分け前、わたしの分をみんなでぱーっと使ってほしいの。遊び回ってほしいの」

「あたしは、いつも遊んでるようなもんだ！」

「知ってるよ！　というか、エイリス、ちょっと黙ってろ。えーと……フィオ、遊んでほしいっていうのは……？」

「要するに、休養」

「休養……？」

ナギがまた首を傾げると、フィオは立ち上がって拳《こぶし》を握《にぎ》り締《し》めた。

「わたしがお金を出して、みんなをねぎらいたい。みんなもお金はあるだろうからわたしの自己満足だけど……それでも！　わたしにできることはそれくらいだから！　みんなにはじっくり休養を取ってもらいたいの！」

「そんな力説しなくても」

「わたしがみんなを永遠に休養させちゃう前に！」

「その付け足しはいらない！」

ナギは鋭《するど》く突《つ》っ込みつつも、フィオの言わんとしていることはわかった。

要するに、フィオは自分だけグランドクエストの報酬の力を使ってしまったことが後ろめたいらしい。

せめて仲間たちをねぎらうために、フィオが金を出して休養を取ろうと。

「わたくしは大賛成ですわ。というより、どこのパーティでも大きなクエストをクリアしたら休みくらい取るのですから」

「僕も異論はない。実戦ばかりが稽古《けいこ》ではないからな」

「ミフユ様は休みそうにないですねえ……私も、休養中だろうとご主人様たちのお世話は欠かしませんが」

「あたしは人生で、人のおごりを断ったことがないのが自慢《じまん》だ！」

「どんな自慢だ！　まあ、みんなが賛成なら……それでいいか」

ナギも納得することにする。

グランドクエストにはそのうち挑《いど》むとしても、一度休みを挟《はさ》むくらいは問題はない。

「とはいえ、屋敷に籠《こ》もるっていうのも芸がないな。そうなると、どこで休養を取るかだけど。みんな、行きたいところとかあるか？」

「ナギナギ、それならあたしに妙案《みょうあん》があるぞ！」

「えー……」

エイリスの妙案など嫌《いや》な予感しかしない。

「えーとえーと……おおっ、あんなところにいいものが」

エイリスは、居間の壁《かべ》を指差す。

そこには、巨大《きょだい》な世界地図が貼《は》られている。

この世界の大半を占《し》める中央大陸と内海と外海、それに大小様々な島が、精緻《せいち》に描《えが》かれた地図だ。

地図には紅い戦団の冒険《ぼうけん》の記録が細々《こまごま》と書き込まれている。

記録のほとんどはクエストをこなした場所や、モンスターの生息状況《じょうきょう》などだ。

「よっしゃ、あそこだ！」

エイリスは突然《とつぜん》、ケーキを切り分けたナイフを手に取ると、地図に向かって投げつけた。

ナイフは中央大陸の南方、複雑な形をした海岸線のあたりに突《つ》き刺《さ》さった。

「……自由都市〝アティシャ〟？」

ナギは、地図に書き込まれた細かい文字を読む。

冒険の記録ではなく、地図に元から書かれていた地名だ。

自由都市とは、特定の国家に所属していない独立した街で、数は少ない。

たいていは、経済が発達した商業都市で、裕福《ゆうふく》な商人たちが統治している。

「行ったことはありませんわね。その近くの海でモンスター討伐をやった記憶《きおく》がありますけど」

「それは僕がパーティに参加する前の話だな。南のほうはあまり行ったことがない」

「そりゃそうだ、自由都市ってだいたいクエストが少ないだろ」

モンスターが少なく、街道の安全性が高いために国の軍事力に頼《たよ》ることなく独立が可能になったところが多い。

ナギもアティシャは名前くらいしか聞いたことがなかった。

「南のほうは、ちょうど暑い時期だよね。ん？　アティシャって確か……」

「おおっ、さっすがフィオるん。魔法使いは博識だね！　そう、アティシャは自由都市であるとともにもう一つの異名《いみょう》があるのさ！」

ツインテールの神官は、お行儀《ぎょうぎ》悪くもソファの上に立って両腕《りょううで》を広げ――

「そう、かつて女神たちが降り立った地――女神都市《めがみとし》って名前がね！」


そういうわけで、翌日。

紅い戦団は自由都市――女神都市アティシャを訪れていた。

転位魔法が反射するとどうなるか確証がなかったため――

フィオではなく、ナギが転位の魔法を使ってアティシャに一番近い街まで移動。

たいていの街では、近くの都市へと瞬間《しゅんかん》移動が可能な転位石箱《テレポ・キューブ》が売られている。

転位石箱は高価なアイテムだが、最強パーティにとってはさほどの出費でもない。

転位魔法では使い手が行ったことがある街にしか移動できないが、転位石箱もあわせて使えば、二度の空間転位であっという間に到着《とうちゃく》できる。

高ランクのパーティともなれば、こういった形の移動は珍《めずら》しくない。

緊急性《きんきゅう》の高いクエストを依頼《いらい》されることも多いし、一日でどんな僻地《へきち》にでも駆《か》けつけることができてこそ、最強パーティなのだ。

「そういや、海に来るのは久しぶりだなあ」

ナギたちは、南国のまぶしい太陽の下、きらきらと輝《かがや》く海を見下ろす高台にいる。

穏《おだ》やかな波音と、海鳥たちのニャアニャアと響《ひび》く鳴き声。

心和《なご》む海辺《うみべ》の風景だった。アティシャは風光明媚《ふうこうめいび》な観光地としても有名らしい。

「あー、潮風で髪《かみ》がベトベトしますわ。やっぱり帰りませんか？」

「そうだった、レイアが海は嫌《きら》いとかぬかすから、あまり来なくなったんだよな……」

「髪は女の命ですわよ。ねえ、フィオさん？」

「……そういえば、レイアちゃんの髪、綺麗《きれい》」

「今頃《いまごろ》気づかないでくださいます⁉　もう三年近いお付き合いですわよね⁉」

「あまりレイアちゃんの髪に関心とかなかったから……」

「自慢の髪をここまで無視されてるとは思いませんでしたわ！」

「まあまあ、レイっち。バカンスに来て盛り上がるのはわかるけど、そんなにはしゃがなくても」

「エイリスさんだけにははしゃぐなとか言われたくありませんわ……」

まったくもって女盗賊《とうぞく》の言うとおりだった。

「ご心配は無用です、レイア様。もちろん御髪《おぐし》をケアする怪《あや》しげなポーションもきっちり揃《そろ》えてきてますよ！」

「だから、ルティさんは怪しさを強調しないでくださいません⁉」

ただでさえ、ルティは腹黒メイドとして怪しさ全開だ。

ポーションを持ち運ぶのはルティの役割だが、たまに出所不明の怪しげな薬も持っていることはパーティ全員が知っている。

「そこは我慢《がまん》してください、レイア様。バカンス中のサポートも私の仕事ですから。ほら、みなさん、あれが私たちの別荘《べっそう》ですよ」

「へえ、よさそうな家じゃないか。いい買い物したな、ルティ」

ナギは、高台に一軒《いっけん》だけ建っている石造りの家に視線を向ける。

二階建て、大きさは紅い戦団のアジトには及《およ》ばないが、六人の仲間たちが泊《と》まるには充分《じゅうぶん》だろう。

ルティはアティシャに到着と同時に一人で別行動。

ナギたちがぶらぶらしている間に、不動産屋を訪《たず》ねて別荘を購入《こうにゅう》してきてしまったのだ。

別荘は安い買い物ではないが、今後もバカンスに使えば元は取れるだろう。

「すぐに使わせてほしいって言ったら、不動産屋の人もびっくりしてましたけど。即金《そっきん》で払《はら》うって言ったらあっさり首を縦に振《ふ》りましたよ。世の中、お金ですね」

「……まあ、普通《ふつう》は家ってそんな簡単に買えないからな」

ナギはクエストでの稼《かせ》ぎを投資に回したりもしている。不動産にも手を出しているのだ。

実家が武器屋で、商売人に育てられたために金銭に関しては少しばかりうるさい。

「あ、ナギ――じゃない、ご主人様。投資のお話とか人前でしちゃダメですよ？　最強の冒険者が資産運用してるなんて、若い冒険者さんたちの夢を壊《こわ》しますから」

「……なんで夢を壊すことになるのかわからんが、わかってる」

だいたい、ナギも冒険者の中ではかなり若いほうなのだが。

「とりあえず、荷物を別荘に置いてこよう。ま、せっかくの休養だ。のんびりしよう」

ナギはリーダーらしく宣言し、別荘に向かって歩き出す。

後ろを仲間たちがついてくる。

武闘《ぶとう》家のスキル〝感覚認識《アウェアネス》〟によって、振り向かなくても足音の一つ一つを聞き分けることができる。

レイアは帰ろうなどと言っていたが、観光地に来てテンションが上がっているようだ。

その証拠《しょうこ》に、足取りがえらく軽い。

他のみんなも、歩調だけで機嫌《きげん》がいいのがわかるくらいだ。

特にフィオは、みんなに詫《わ》びができて心も軽くなっているようだ。

それに加えて、このいかにも観光地という海辺の景色に心が躍《おど》っているだろう。

休養の旅――クエストともアジトでの生活とも違《ちが》う、めったにない状況。

これを活《い》かさない手はない。

どこかの女神のおかげで、ナギは恋愛《れんあい》を禁じられ、告白することもできないが――

フィオとの距離《きょり》を少しは詰《つ》めておかなければ。

休養の旅などといっても、ナギはただのんびりするつもりなど微塵《みじん》もなかった。


ルティが選んだ別荘は、内部も綺麗でなかなか悪くなかった。

パーティ全員分の個室があり、リビングやキッチンも使いやすそうだ。

「さて、どうするかな」

ナギは荷物を自室の床《ゆか》に適当に放り出し、窓の外を眺《なが》める。

窓からも青く輝く海が見える。部屋割りの担当はルティだったが、リーダーにはいい部屋が割り当てられたらしい。

「さーあ、ナギナギどうする！」

「うおっ⁉」

突然ドアが開いたと思ったら、エイリスが部屋に飛び込んできた。

「海に行くか浜《はま》に行くか泳ぎに行くか！　さあ、どれ⁉」

「全部同じじゃないか！」

「じゃあ、海で決定！　せっかくの海なんだから泳がなきゃな！　大丈夫《だいじょうぶ》、水着はエロいものを選んである！」

「そんな心配してないっ！　着いたばかりなんだし、慌《あわ》てて出かけなくても――」

「フィオるんたちも海に行くみたいだぞ」

「待ってろ、今すぐ準備するから」

「……ナギナギもだんだん調子よくなってきたなー」

バカにされている気がするが、ナギは気にしない。

そうか、海なんだから合法的にフィオの水着姿を見られるのか！

非合法に見たこともないが、海でのクエストでも別に水着で挑んだりはしない。

冒険者は普段《ふだん》、水着を着る機会などほとんどないのだ。

つまり——フィオの水着姿は稀少《きしょう》だということ！

「やっぱり人間、休むのも大事だよな……」

「間を置かずに、またグランドクエストに挑《いど》もうとしてた奴《やつ》の発言とは思えないな！　でも、それでこそナギナギだ。さーあ、出発！」

「おーっ！」

もはや、エイリスと知能が同じレベルになってる気もするが、それも気にしない。

ナギにはフィオの水着姿以上に大切なものなどないのだ。


既《すで》にフィオたちは別荘を出ていた。

ナギはエイリスとともに目と鼻の先の砂浜に降りて、とりあえず水着に着替《きが》えた。

エイリスは一緒《いっしょ》に着替えようとしたが、もちろんナギは拒否《きょひ》した。

いくらエイリスの見た目が幼女でも——いや、幼女だからこそヤバい。

「おー、人が少なくていい感じの砂浜だなあ」

物陰《ものかげ》で水着に着替えてから、ナギはあらためて砂浜を見渡《みわた》した。

このあたりの砂浜は、別荘の所有者以外は立ち入り禁止らしい。

別荘所有者たちは砂浜では距離を置くのが暗黙《あんもく》の決まりのようで、近くに人の姿はない。

フィオの水着姿を他の男に見られたくないナギとしては、大歓迎《だいかんげい》だ。

「うーん、まだかな」

先に別荘を出たはずのフィオたちはまだ姿を見せない。

女の子は準備に時間がかかるだろうから、仕方ないが——

「あら、一般《いっぱん》大衆のみなさんがいらっしゃるような砂浜かと思いましたが、落ち着いてますわね」

「砂浜も海も綺麗ですねえ。メイドとしては、少し汚《よご》れてるくらいが掃除《そうじ》し甲斐《がい》があっていいのですけど」

どうでもいい感想を言い合いながら歩いてきたのは、レイアとルティだ。

「ふぅん……」

ナギは、二人をまじまじと眺める。

「な、なんですの？」

レイアの水着は派手な赤の上下。

フィオほどではないが、ほどよく盛り上がった胸がかなり見えている。

腰《こし》はきゅっとくびれ、いつもはドレスの裾《すそ》に隠《かく》されている太ももももあらわだ。

「やぁん、ご主人様ったら遠慮《えんりょ》なく視姦《しかん》してきますね」

わざとらしく照れているルティは、黒のワンピース型の水着。

こちらも、それなりに大きい胸が強調され、太ももの付け根のあたりがえぐいほどに鋭《えい》角《かく》な切れ込みになっている。

「どうですか、ご主人様。レイア様のも私のも、どちらの水着も私がデザインしてつくったんですよ。私のセンスは数百年先を行ってると思いません？」

「あー、行ってる行ってる」

フィオはまだだろうか。もうワクワクが止まらない。

「って、なんですの、そのどうでもよさそうな態度！　せめて感想の十や二十は言うのが紳士《しんし》の礼儀《れいぎ》でしょう！」

「多いな！　俺が水着の感想を十も二十も言ったらどう思うんだよ!?」

「もちろん気持ち悪いですわ」

「その気持ち悪さも受け止めるのがメイドの務めです」

「………………」

ルティも、気持ち悪さをまったく否定していない。

そんなことだろうとは思ったが。

「やっほーやほやほーっ！　お待たせ、ナギナギ！　みんなのアイドル、浜辺《はまべ》の天使、ちっちゃい子好《ず》き殺しのエイリスちゃん様の水着姿だぜ！」

アホなことを叫《さけ》びながら現れたエイリスは、白のワンピース型の水着。

フリフリがついたスカートのようなものがついていて、子供っぽさを強調し、それが異様なほど似合っている。

「とりあえず、水着を着て現れてくれてよかったよ……」

この幼女神官は、肌《はだ》を見せるのをためらわない傾向《けいこう》がある。

ナギは幼女の裸《はだか》になど興味はないが、幼女好きという疑いをかけられているので、目の前で脱《ぬ》がれると……なんというか、とても困る。

「そうか、そんなフリをされたらしょうがないな！　南国の太陽の下、エイリスちゃん様も開放的になってるし！」

「だーっ、待て！　脱げってフリじゃない！　つーか、おまえはいつも開放的だろ！」

ナギは、本当に水着を脱ごうとするエイリスを慌てて止める。

この幼女、フィオとは違う意味で目が離《はな》せない。

「えーと……そうだ、ミフユは？　あいつ、なんかこの街に来てからおとなしいけど」

「ミフユ様なら、海に行くのを嫌《いや》がってましたけど、『ミフユ様は私と一緒に遊ぶのが嫌なんですね』って嘘《うそ》泣きしたら、快《こころよ》く来てくれましたよ」

「全然快くないだろ……」

この腹黒メイド、地味に手段を選ばない。

サムライは女を泣かせてはいけないものだと、よく知っているのだろう。

「す、すまない。待たせたかな……」

と、そのミフユが姿を現した。

なぜか目を伏《ふ》せ、顔を真っ赤に染めている。

下はナギと同じ膝丈《ひざたけ》のズボンのような水着だが、フードがついた上着を羽織っている。

「おいおい、ミフィ。なんだなんだ、その野暮《やぼ》ったい上着は！　ナギナギが悲しむじゃないか！」

「だから、俺を美少年趣味《しゅみ》にするな！」

ナギは幼女好きの上に、美少年のミフユをもはべらせていると疑われている。

幼女も美少年もイケるとか、地獄《じごく》のような誤解だ。

「い、いいだろう。僕は肌が弱いんだ。南国のこんな日差しを浴びたら火傷《やけど》したみたいになってしまう！」

「竜《ドラゴン》の炎《ほのお》の吐息《ブレス》を何度もくらってるような気がするんだが……」

パーティの斬《き》り込み隊長であるミフユは、何度となく吐息を浴びている。

日差し程度で肌がどうにかなるほどヤワではないはず。

「うるさいぞ、ナギ殿《どの》。文句を言うなら叩《たた》っ斬る！」

「えらく好戦的だな、おい！」

とはいえ、ミフユが肌を見せたがらないのはいつものことだ。

この美少年は、妙《みょう》なところで照れ屋なのだ。

「……で、フィオは？」

「一緒に着替えてましたけど、きゃーきゃーわめいたり、じたばた暴れたりしてたので、置いてきましたよ」

ナギの疑問に、ルティがさらっと答える。

愛《いと》しの魔法使《まほうつか》いは、なにやらまた奇行《きこう》に走っているらしい。

「んじゃ、フィオるんはみんなの心の中で生きてることにして！　さっそく楽しんじゃうか！　海があたしを呼んでるぜ！　行くぞ、レイっち！」

「え？　わたくしはビーチでくつろごうかと……ちょっと、水着を引っ張らないでくださいまし！」

エイリスはレイアの上の水着を掴《つか》んで走り出した。

赤い水着が引っ張られ、豊かな胸がぷるんとこぼれそうになっている。

ナギは、慌てて目を逸《そ》らす。

フィオ一筋とはいえ、他の美少女のおっぱいが見えそうになれば動揺《どうよう》くらいする。

「さて、私はみなさんがくつろげるようにしましょー、そうしましょー♪」

ルティは、どこからかパラソルやテーブルを持ってきて、てきぱきと並べている。

力仕事なので手伝いたいが、このメイドは並の男よりはるかに腕力《わんりょく》がある。

あと、仕事の邪魔《じゃま》をされるのが嫌《きら》いなので、ナギは手伝わない。

「ぼ、僕は泳ぎには興味がないからその辺で釣《つ》りでもしてくる。釣りは精神修養にはもってこいなんだぞ」

なにやら言い訳っぽいことを言って、ミフユがそそくさと立ち去る。

確かにミフユは情緒《じょうちょ》不安定なので、心を磨《みが》いたほうがいいかもしれない。

「俺は……ちょっと散歩でもしてくるな」

ルティに断りを入れてから、ナギは歩き出す。

海のほうからエイリスの楽しそうな声とレイアの悲鳴が聞こえてくるが、気にしないことにしよう。

「ふーん、綺麗《きれい》な砂浜だなあ」

こんなところをフィオと一緒に歩けたら最高なのに。

ナギはきょろきょろしながら、砂浜を歩いて行く。

冒険《ぼうけん》者のクセで、宝箱などがないか、物陰を覗《のぞ》き込みつつ。

たまに、どういうわけかぽつんと宝箱が置かれていることがあるのだ。

「まさか、こんな観光地にはないだろうけど」

宝箱が多いのは未開の地か、それに近い田舎《いなか》だ。整備された観光都市にはないだろう。

そう思いつつも、ナギが巨大《きょだい》な岩の裏側を覗き込むと――

「う、ううう……この水着、ルティちゃんの嫌がらせじゃないよね？　でも、これくらいじゃないとみんなには……最悪の場合、ミフユ君にも負ける……！」

「…………っ！」

そこには、世界一の美少女がいた。

しかも青と白のボーダー、上下に分かれた水着姿だった。

下には、太ももが大きく見える腰布《パレオ》のようなものを巻いている。

要するに、水着姿のフィオーネ・ペイルブルーだった。

「フィ、フィオ？　そんなとこでなにを……？」

「ナギきゅんっ!?」

「きゅんって」

なにを焦《あせ》っているのか、フィオは口が回っていない。

でもそんな舌っ足らずなフィオも可愛い！

「そ、その水着……」

「こっ、これは違《ちが》うの！　ルティちゃんが意味ありげに〝これじゃなきゃ負けますよ？〟とか言って渡《わた》してきたから！」

「……あまりルティの言うことを真《ま》に受けないほうが」

と言いつつも、ナギはフィオから目が離せない。

フィオの水着の上は妙に布面積が少なく、大きすぎる胸が溢《あふ》れ出しそうだ。

腰布を巻いている下は、隠されている部分が普通の水着より多いのが、逆にエロい。

恥《は》ずかしがり屋のフィオが、こんなところに隠れていた理由もわかったが――

「ナギきゅっ……君《くん》っ！　これを塗《ぬ》って！」

「な、なんだいきなり!?」

「ルティちゃんにもらった、日焼け止めの怪《あや》しげな薬なんだよ！　これを塗っておけば南国の日差しも防げるとか！」

「そ、そうなのか……」

怪しげというのが気になるが、ルティと怪しさが切っても切れないのはいつものことだ。

「…………」

そんなことよりも、フィオの水着姿が……！　水着姿が一っ！

ナギは叫び出しそうになるのを必死にこらえている。

まだ駆《か》け出しの頃《ころ》、睡眠《すいみん》中の竜に出くわしたとき以来の必死さだ。

「……ナギ君？　ダ、ダメなの？　これ、全身にまんべんなく塗らないと効果が一切出ないんだって。でも、背中は……」

「い、いや、ダメじゃないよ。そ、そうだな、背中に自分で塗るのは無理だよな」

全身に塗らないと効果がない——というのは間違いなくルティのデタラメだろうが。

ありがとう、我が幼なじみ！

無意味にデタラメを言うルティのクセが初めて役に立った！

「そ、それじゃ……こんなところじゃなんだから、みんなのところへ行くか」

「うっ、うん」

ナギはフィオとともに、ルティが設置したパラソルのところへ戻《もど》った。

ルティもエイリスのレイアいじりに参加したらしく、海のほうにいるらしい。

「ナギ君、悪いけど……お、お願い……」

「あ、ああ」

ナギは瓶《びん》の液体をてのひらで受け止める。粘《ねば》り気《け》のある、甘い匂《にお》いのする液体だった。

「これを……フィ、フィオの背中に塗ればいいんだな？」

フィオは赤面して、こくりと頷《うなず》き、ルティが敷《し》いていたシートにうつぶせになる。

「し、失礼します」

なぜか敬語で言いながら、ナギも屈《かが》んで、恐《おそ》る恐るフィオの背中に液体を塗る。

「ひあっ」

「ごっ、ごめん！　頼《たの》む、許してくれ！」

命乞《いのちご》いでもしてるのか、俺は。ナギは自分がなにを言っているのかわからない。

「そ、そうじゃなくて。ちょっとくすぐったかっただけ。その……ど、どんと来て」

「お、おう……女の子は日焼けはしたくないよな」

そうだ、これはフィオのため、フィオの肌のため。

いやらしい下心などは微塵《みじん》もない――ナギは自分に言い聞かせて、液体をフィオの背中にすーっと塗っていく。

「あんっ」

「……………」

なまめかしく聞こえても、くすぐったいだけ。そう、くすぐったいだけ。

ナギはフィオの肌《はだ》のなめらかさに驚《おどろ》きながら、自分に言い聞かせ続ける。

ああ、フィオは肩胛骨《けんこうこつ》まで美しい……って、我ながら気持ち悪い感想だ……。

ナギの頭は混乱の極《きわ》みに達しつつある。

「あ、そうだ。全身にってことは……水着も外《はず》さないといけないよね……」

「なっ、なんだとっ……!?」

「でもこの水着、後ろがヒモになっててほどくの難しくて……外してくれる……？」

「はぁ!?」

ま、まさかこれもルティの陰謀《いんぼう》では!?

わざと、自分ではほどけないような水着をフィオに与《あた》えたのかも。

「じゃ、じゃあ……」

ナギは震《ふる》える手でフィオの水着の上、後ろで結んでいる紐《ひも》をするりとほどく。

「………っ」

フィオの真っ白な背中から、邪魔な布きれがなくなる。

ヤバい、背中ってこんなにエロいのか……こ、この白い背中が日焼けなんかしちゃった

ら人類の損失だ！

「うおおおおっ」

「ふあああああああっ？」

ナギは、たっぷり手に取った液体をこすりつけるようにして塗りまくる。

手に伝わってくる背中のなめらかさもヤバすぎて、ナギは自分を止められない。

ちょっと視線を動かすと、たっぷりとした横乳《よこちち》も見えてしまうのも凄《すご》くヤバい。

「フィ、フィオ！　もっとたっぷり塗ってやるからな！」

「ナ、ナギ君？　ちょっと怖《こわ》――あああんっ、あああっ……！」

もっと、もっとだ！　もっとフィオの背中を愛撫《あいぶ》――じゃない、撫《な》でるようにして塗ってあげないと！

こんなチャンス、そうめったにないんだし――

「きゃあああ――――――――っ！」

「…………っ⁉」

突然《とつぜん》の悲鳴に、ナギとフィオは同時に身体《からだ》を強張《こわば》らせる。

波打ち際《ぎわ》のほうへ視線を向けると――

「ク、クラーケン！　クラーケンですわ！　なんでこんな陸地のそばに……！」

悲鳴を上げたのはレイアだったらしい。

確かに、波打ち際にいるレイア、ルティ、エイリスのすぐそばに巨大なイカのようなモンスターがいる。

三階建ての家くらいの大きさで、クラーケンの中でもここまで巨大な個体は珍《めずら》しい。

「フィオるんのモンスター引き寄せ体質は治ったはずなのになあ。どうなってんだろ？」

「あ、たまにクラーケンが出るのでこのあたりの別荘《べっそう》、格安だったんですよ」

「なるなるー。道理で、人も少ないと思ったぜ。他の観光客のみなさん、もう逃《に》げちゃってるし。いつでも逃げられるようにしてたんだなー」

「………………」

エイリスとルティののんきな会話が聞こえてきて、ナギは呆《あき》れてしまう。

あっさりとなに言ってるんだ、あのメイド。

節約はいいことだが、そんな物騒《ぶっそう》な理由で割り引かれてる物件を買ってくるとは。

「……っと、放っておくわけにもいかない——って、ええええええっ!?」

「なに、ナギ君？　他になにか——ひああああああああああああああっ！」

フィオは、水着の上が外れていることを忘れ、身体を起こしてしまっていた。

つまり——

「…………っ」

ナギは、慌《あわ》てて目を逸らした。

本当は逸らしたくなかったが、必死に理性を総動員させた。

水着の上が外れたフィオは——要するに胸が剝《む》き出しだった。

ぷるんとした、大きすぎる二つの胸。それに、その頂点にあるなにかが——ほんの一《いっ》瞬《しゅん》だけ見えてしまったような。

「ナ、ナギ君……み、みみみみみみ、見た……？」

フィオは耳まで真っ赤になりながら、両腕《りょううで》で胸を隠《かく》す。

「みっ、見てない！　俺はなにも見てない！　おっぱいなんか全然見てないぞ！」

我ながらどれだけ嘘《うそ》が下手《へた》なのだと思うが、ここはそう言うしかない。

「そ、そうなの。おっぱいさえ見られてないなら……え？　見てもおかしくない状況《じょうきょう》だったのに、見てない？　そんなにわたしのおっぱいには魅力《みりょく》がない……!?」

「いやいや、そうじゃない！」

なぜか、フィオが半ギレになっていてナギは慌ててしまう。

「できれば、ずっと見ていたいくらいだ！　大丈夫《だいじょうぶ》、フィオのおっぱいは大丈夫だ！」

なにが大丈夫なのか、自分でもわからない。

ナギはとんでもないことを口走っているが、本人もフィオも動揺《どうよう》しすぎて気づいていないのだ。

「あのー、ナギさん、フィオさん！　お取り込み中悪いのですけど、このイカをなんとかしてくださいません⁉」

波打ち際でクラーケンから逃げ回っているレイアは、本気でキレている。

「……っと、そうだった。あっ、でも装備がないな」

ナギだけでなく、誰《だれ》も武器は持ってきていないし、防具もない。

あの巨大《きょだい》クラーケンの討伐《とうばつ》クエストなら、高難度クエストに認定されるだろう。

炎竜にも匹敵《ひってき》する、伝説クラスのモンスターだ。

「杖《つえ》なしじゃ、フィオはたいした魔《ま》法《ほう》使えないだろ。ここは俺に任せてくれ！」

「う、うん」

どのみち、クラーケンを倒《たお》せるレベルの魔法が反射してきたら冗談《じょうだん》抜《ぬ》きで全滅《ぜんめつ》しかねないので、杖があってもなくても同じことだが。

「おおおりゃああっ！」

ナギは雄《お》叫《たけ》びを上げて、クラーケンへと駆け寄っていく。

グランドマスターは、もちろん〝武《ぶ》闘《とう》家〟のスキルも身につけている。

拳《こぶし》や蹴《け》りなどの打撃も得意——要するに素手でも戦えるのだ。

「だりゃーっ！」

「なっ⁉」

と、ナギがクラーケンに襲《おそ》いかかる直前、エイリスが気合いの声とともに巨大イカに跳《と》び蹴《げ》りをくらわした。

「うりゃっ、こんにゃろーっ！」

続けて、エイリスはその小さな手を握《にぎ》って拳を繰《く》り出していく。

「エイリスちゃん、イカをタコ殴《なぐ》りにしてる……」

「神官が剣《けん》を使うだけでも異常なのに……つーか、俺の見せ場を奪《うば》いやがった」

呆れるナギと、近づいてきたフィオの前でエイリスは暴れ続けている。

「ふっ、なかなかしぶといな。だったら、これでどうだーっ！」

エイリスは、クラーケンの触手《しょくしゅ》にしがみつくようにして関節技を仕掛《しか》ける。

太く長い触手が、ギリギリと軋《きし》む音が聞こえてくる。

「クラーケンの触手に関節なんてありますの……？」

「さすがエイリス様です。いろんな意味で常識を打ち破ってますね！　メイドに手をつけるなんて当たり前のことをしてるご主人様が凡人《ぼんじん》のようです！」

「そこのメイドーっ！　どさくさ紛《まぎ》れに俺を外道扱《げどうあつか》いするな！」

「どさくさには紛れてませんよ。いつもしてますから」

「……そのとおりだな」

ルティは、ことあるごとにナギの愛人のフリをする。

「そしてーっ、華麗《かれい》にトドメーっ！」

ナギたちがバカな話をしている間に、エイリスはクラーケンの触手を無力化し、まさに最後の一撃《ラスト・アタック》を叩《たた》き込むところだった。

というか、高難度クラスのボスモンスターを素手で倒す神官とはいったい？

「剣の達人の素手の一撃は、武闘家の打撃《だげき》にも匹敵するのさ！」

と、ナギの心を読んだようなことを叫《さけ》びつつ、エイリスの拳がクラーケンの頭部らしきところにぶち込まれ――巨体《きょたい》が傾《かたむ》いていく。

「本気で出番なかった……武闘家のスキルでぶちのめすつもりだったのに」

「残念でしたわね、ナギさん。まあ、あんなヌルヌルして気持ち悪いモンスターの相手は優雅《ゆうが》からほど遠いからどうでも――って、あああっ⁉」

突然、倒れかけていたクラーケンが触手を伸《の》ばし、レイアの身体をがしっと摑《つか》んだ。

同時に、ナギとフィオ、ルティ、エイリスも摑まれて海へと引きずり込まれていく。

「おおおいっ、往生際《おうじょうぎわ》の悪いイカだな！」

海に引っ張り込まれながらも、ナギは密かに喜んでいた。やっと見せ場が来た！

武闘家スキルは戦士系に次ぐレベルで鍛《きた》えてある！

たとえ海中だろうと、死にかけのクラーケンにトドメを刺《さ》すという美味《おい》しい役割くらいは余裕《よゆう》で果たせるはず！

「シントウ飛剣流《ひけんりゅう》——五の太刀《たち》、秋水斬《しゅうすいざん》！」

「へ？」

海上からの凛《りん》とした声が水中にまで響《ひび》き、いくつもの斬撃が泡《あわ》を巻き込みながらクラーケンに向かっていき——

胴体《どうたい》や脚《あし》を瞬《またた》く間《ま》にバラバラに斬《き》り裂《さ》いてしまう。

続いて、ざぶんとミフユが海に落ちてくる。

ミフユは空中で複数の斬撃を放ち、それが衝撃波《しょうげきは》となって水中を伝わり、海の怪物《かいぶつ》を斬り裂いたのだ。

場所を選ばずに戦える剣士、それが我らがミフユ・シントウ君だ。

「ぷあっ！」

クラーケンの触手から解放され、ナギは軽く泳いで砂浜《すなはま》にたどり着いた。

まだ深いところに引きずり込まれる前だったのが幸いした。

「おーい、みんな。大丈夫か――って、うおお⁉」

「？　なにを騒《さわ》いでますの、ナギさん？」

既《すで》に女性陣《じん》もみんな、海から上がってきている。

もちろん、この程度のことで溺《おぼ》れるようなヤワなメンバーはいないが――

「あっ、レイア様。そういえば思い出したのですが」

「なんですの、ルティさん？」

「ちょっとしたイタズラで、私が夜なべして縫《ぬ》った水着は、ちょっぴり脱《ぬ》げやすいようになっていまして――」

「水着が……ひあああああああああああああっ！」

レイアが真っ赤になり、慌てて両腕で剝き出しになっていた胸を押さえる。

どうやら、触手が外れた弾《はず》みで、水着の上も外れてしまったらしい。

「やーんっ、まさに自業自得《じごう》ですね私！」

イタズラをしたメイドの水着も大きく胸元《むなもと》がズレていて、少し焦《あせ》りつつ、同じように胸を押さえた。

「あのイカ野郎《やろう》、最後にとんでもないものを奪ってったな、あっはっは！」

幼女神官は堂々と裸《はだか》を晒《さら》している。

ふくらみかけのおっぱいが、まぶしい太陽の下でばっちりと見えて——

「っと……！」

ナギは慌てて目を逸《そ》らした。その視線の先には、ミフユがいる。

「ナ、ナギ殿《どの》！　こっちを見るなーっ！」

「なんでだーっ⁉」

ミフユは赤面して、短剣の鞘《さや》を投げつけてくる。

このサムライは上着の中に短剣を隠し持っていたのか。

短剣を取り出したときに上着がはだけたようだが、なぜか胸のところに二つのふくらみのようなものが——

「う、うあああ、あああああああああっ……ああん……！」

「……っ⁉　ヤバいっ……！」

今、それどころじゃなかった！

そして、最大の問題児の魔法使いは——

同じく水着の上が外れていて、両腕で胸を隠しながら魔力《まりょく》の波動を放っている。

色っぽい声が漏《も》れているが、フィオが強大な力を放つとき、たまにこうなるのだ。

今回は凍結《とうけつ》系の魔法が無意識に発動しているらしい。

「な、波が凍《こお》ってる……まずいぞ、暴走だ！」

打ち寄せる波を凍りつかせるほどの魔力――

クラーケン以上の脅威《きょうい》と化した魔法使いは、杖も詠唱《えいしょう》も無しで凍結系魔法を発動させ、凍《こご》えるような風が周囲を覆《おお》っていく。

ああ、南国でのバカンスのはずが、なんでこんな寒さに震《ふる》えなくちゃならないんだ。

と嘆《なげ》きつつも、ナギはほぼ半裸《はんら》のフィオから目を逸らせず、魔法を防ぐことすら忘れて見とれてしまった――

フィオ(のナギ君観察)日記 Vol.2

Σ月∞日

うわあああああああああああ、やってしまったー！　ナギ君にとんでもない姿を見られちゃったー！

ただでさえ、ルティちゃんが用意した水着が恥ずかしすぎたのに、おっぱい見られちゃうなんて！

あ、でも背中に日焼け止めを塗ってもらえたのはよかったー。

ナギ君、塗るの上手すぎ！　力強くて、ふわりとトロかす優しさもあり、それでいてしつこくない絶妙の手つき！

そのあとの、ちょっと乱暴な塗り塗りも、実はあれはあれで身体がきゅんってしちゃってたり……。

気持ちよすぎて変な声が出ちゃうところだった。

出てないよね、変な声？

あの忌々しいクラーケンが現れなきゃ、もっと気持ちよくなれたのに。そこが残念……。

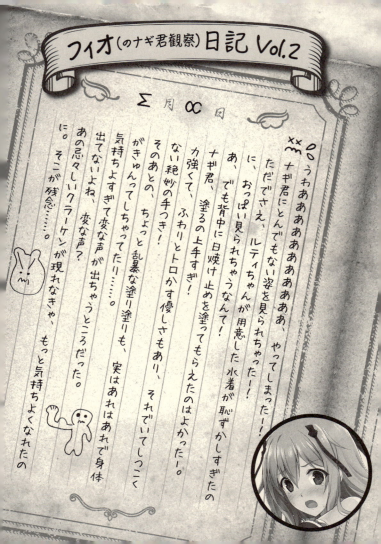

2　女神《めがみ》都市《とし》の小さな楽園

すっかり日も暮れて――

「それでは、あらためてグランドクエスト攻略完了《こうりやくかんりよう》を祝って――かんぱーいっ！」

ナギが音頭《おんど》を取り、全員が木製のジョッキをがちんとぶつけ合う。

「んーっ、よく冷えてて美味《うま》いな、この麦酒《エール》！」

ナギはジョッキの麦酒を一気に呑《の》み干して、ぷはーっと息をつく。

昼間にはとんでもない騒動《そうどう》も起きたが、フィオの凍結《とうけつ》系魔法《まほう》はエイリスの回復魔法で治療《ちりよう》可能だった。

おかげで、休養の旅が療養《りようよう》に切り替《か》わらずに済んでいる。

ナギたちがいるのは、アティシャの中心近く、観光客向けの店が立ち並ぶ一角にある酒場《さかば》だ。

夕食を兼《か》ねて、酒場に繰り出すことにしたのだが――

街外《はず》れにある別荘地《べつそうち》のあたりにも酒場は数軒《けん》あったものの、漂《ただよ》う高級感にレイア以外の全員が難色を示した。

なので、わざわざ中心街まで出てきたのだ。

周りにいる客たちは、いかにも庶民《しょみん》という感じで、レイア以外の全員はこういう雰囲気《ふんいき》の店のほうが落ち着く。

「もう……せっかくお休みに来ましたのに、中央本部の酒場とあまり変わりませんわ」

「まあまあ、レイっち。こういうとこの安酒《やすざけ》のほうが酔《よ》っ払《ぱら》った勢いで迫《せま》りやすいぞ」

「なるほど、それは一理ありますわ……って、なんの話ですの、なんの!?」

エイリスがレイアのジョッキにワインをどばどば注ぐと、女盗賊《とうぞく》は顔を真っ赤にして言い返した。

確かになんの話なのか謎《なぞ》だが、この二人もずいぶん打ち解けたようだ。

「というか、エイリス。おまえは酒呑んじゃダメだからな」

さりげなく、エイリスは自分のジョッキにもワインを注いでいた。ナギは、そのジョッキを自分のほうに引き寄せる。

「あたしだってたまには酔ってみたいのに！　いつも酔ってるようなもんだけど！」

「自覚があるのはいいことだな……」

大陸の大半の国では、特に飲酒可能な年齢《ねんれい》は定められていない。

それに冒険者《ぼうけん》といえば、夜は酒場に行くものと相場が決まっている。

ただ、やはり十代前半にしか見えないエイリスががぶがぶ酒を呑んでいては問題がある。

エイリスの一杯目のジョッキに入っていたのは果実水だ。

ちなみに、紅い戦団《レッド・バトリオン》ではレイアが多少ワインを嗜《たしな》む程度で、みんなあまり酒は呑まない。

「あれ？　ミフユ様、それお水ですか？」

「いや、セイシュと言って、僕の故郷でつくられてる酒だ。米を原料にしてる珍《めずら》しい酒で、置いてある酒場は少ないな。久しぶりに見かけたから、呑んでみたくなって」

「ミフユ様の故郷は変わったものが多いですねえ。一番の珍種《ちんしゅ》はミフユ様ですけど」

「冒険メイドなんて珍《ちん》職業に就《つ》いてるルティ殿《どの》に言われたくないぞ！　僕みたいなサムライは故郷に帰ればゴロゴロいる！」

「それはまた血の海と化していそうな故郷ですねー」

「………………」

ルティはもしかして酔っているのだろうか。

ミフユの故郷の人たちも、年がら年中腹を切ってるわけではないだろう。

「…………みんな楽しそうでよかった。ごくごく」

「フィ、フィオ？　なんか目が据《す》わってるんだが？　そんな目で酒呑んでると怖《こわ》いぞ」

「わたし、普段《ふだん》はお酒呑まないことにしてるの。ただでさえ、なにをやらかすかわからないのに、お酒なんて入ったら世界がどうなるか」

「せ、世界が」

フィオほどの高レベル魔法使いが言うと冗談《じょうだん》になっていないのが怖い。

確かに、フィオはパーティの中でも特に酒を好まない。

しかし、今夜は妙《みょう》に酒が進んでいるようだ。

「お酒なんて苦《にが》かったり辛《から》かったりして、全然美味《おい》しくないし。でも、今夜は呑んで昼間のアレコレを忘れないと一睡《いっすい》だってできやしないの」

「そ、そうか。どんどん呑んでくれ。ほら、このワインは呑みやすいぞ。潰《つぶ》れたら、ちゃんと別荘まで運ぶから」

ナギは、どばどばとフィオのジョッキにワインを注ぐ。

「……冒険者の女の子を酔い潰す人ってたまにいるよね」

「フィオを潰そうって奴《やつ》はそういないと思うな……」

炎竜《レッドドラゴン》をも凍りつかせる魔法使いの名前は、辺境にまで知れ渡《わた》っているそうだ。

以前は、可愛いフィオに声をかける不埒《ふらち》者も少なくなかったが、〝氷壁《ひょうへき》の魔女《まじょ》〟などと呼ばれている昨今は、そんな命知らずはまずいない。

「とにかく、今夜は呑むよ。みんな、わたしの奢《おご》りだから好きなだけ飲み食いして。でも、潰れるのはダメ。潰れていいのはわたしだけ」

目の据わったフィオが、全員をじーっと見回す。

既《すで》に酔いが回っているのか、今夜のフィオは饒舌《じょうぜつ》だ。

しかし、潰れていいのはフィオだけってどういうことだろう……？

ナギは不思議に思いつつ、カラになっているフィオのジョッキにまたワインを注いだ。


フィオは本当に呑みすぎて潰れてしまい、ナギは別荘の彼女の自室まで背負って運ぶことになった。

フィオの胸の感触《かんしょく》にドキドキさせられたが、周りには潰れなかった仲間たちがいるので緩《ゆる》んだ顔もできなかった。

なんとか真面目《まじめ》な表情を保ったまま別荘に到着《とうちゃく》。

とりあえず、フィオの介抱《かいほう》はルティに任せ、少し時間を潰してから――

「さて、行くか」

ナギは、誰《だれ》にも気づかれないように、足音を消す盗賊のスキル〝亡霊歩行《デッド・サイレンス》〟を使って、こっそりと別荘を出た。

「かつて女神が降り立った場所——だもんな。調べないわけにはいかないよな」

フィオの呪《のろ》いには女神が密接に関《かか》わっている——らしい。

少なくとも、エイリスはそう言っている。

まあ、あの幼女神官の話がどこまで信じられるかは怪《あや》しいものだが。

モンスター引き寄せ体質に、魔法反射の呪い。

その二つは、フィオが女神になるための試練だという。

「そりゃ、俺にとってフィオは女神だけど。可愛いし、綺麗《きれい》だし、胸も大きいし、優しいし、あれが女神じゃなきゃ、なんなんだ⁉」

ナギは、頭の悪いことを言いつつ、薄暗《うすぐら》い別荘地を歩いて行く。

もちろん、エイリスが言っているのはそういう話ではない。

天上の世界に住むという、女神たち——フィオもいずれ、その女神になる。

少なくとも、女神になる可能性を秘めた〝候補者〟だという。

「かなり嘘《うそ》くさい……胡散臭《うさんくさ》い話だよなあ」

ただ、フィオには並外れた魔法の才能がある。

たった三年で最強クラスの魔法使いに成長するほどの才能だ。

それに、誰も聞いたことがないような呪いが続けてかかっていることもフィオの特異性を示している。

フィオがただの冒険者ではないことだけは間違《まちが》いない。

本人も、仲間たちも、そこは否定しないだろう。

とはいえ、フィオと女神の関わりについて、知っているのはエイリスとナギだけだ。

まだ確証のない話なので、フィオ本人も含《ふく》めて仲間たちにも話していない。

「ちょっと後ろめたいけど……ごめん、フィオ、みんな」

ナギは、ここにはいないフィオと仲間たちに謝っておく。

とにかく、フィオの呪いはグランドクエストの報酬でなければ解けないのは事実だ。

つまり、グランドクエストそのものがフィオが女神になるための試練とも言える。

伝説と思われていたグランドクエストが、フィオのためにあったなんて——笑い話にしか聞こえない。

だが、調べておく価値はある。ナギは、フィオのことなら異様に前向きになれるのだ。

女神が関係ないなら、それでもいい。

フィオの呪いについては、確証のある話が今のところ一つもないのが問題なのだ。

女神が関わっているという可能性を潰せるなら、それも一歩前進だ。

せっかく、女神が降臨したという街に来たのだから、調査くらいしなければ。

「エイリスはおしゃべりなようで、大事なことはあんまり言わないからな……」

だが、わざわざエイリスが行き先としてアティシャを選んだのは、ここにナギの知りたいことのヒントがあるからではないか。

かなり回りくどいというか、面倒《めんどう》くさいが、情報集めは冒険者の基本――

まずは、できることから進めていこう。

「とはいえ、どこをどう探したもんだかなあ」

ナギは、歩きながらぼやいてしまう。

昼間は浜辺《はまべ》で遊んで、戦って、夜は酒場で飲んだくれただけだ。

ここまでのところ、このアティシャは観光都市以外の何物でもない。

「女神、女神……女神といえば、さてなんだろう？」

冒険者にとって女神は、身近な存在ともいえる。

戦士や魔法使いといった職業に就くには、まずはそれらの職業を司《つかさど》る神殿《しんでん》に赴《おもむ》き、神官を通して女神の祝福を受けるのだ。

ナギの場合は、降臨した〝剣《けん》の女神〟と直接出会い、彼女と契約《けいやく》して〝女神契約者《ヴィーナス・サーバー》〟となっている。

普段は天上に住んでいるという女神の存在はまったく疑っていない。

女神がたまに地上に降りてくるというのも、ナギは実際に目《ま》の当たりにしている。

この前のグランドクエストでは、再び剣の女神とも出会った。

だが――女神は、人間が呼べば簡単に姿を見せてくれるわけではない。

アティシャは女神と縁《えん》が深い街だそうだが、女神と会うことができるのか。

というか、仮に会えたとして有益な情報が引き出せるのか。

「雲を掴《つか》むような話ではあるな……」

だが、どのみち女神については調べなくてはならない。

問題は、フィオの呪いの件だけではないのだ。

ナギはグランドクエストで剣の女神と再会した際に、〝再契約〟の代償《だいしょう》で〝恋愛《れんあい》禁止〟という制約を課せられている。

勢いでフィオに告白しようとしたら、パーティメンバーたちを抱き寄《だ》せてしまうという、意味不明ながら効果的な嫌《いや》がらせが発動したのだ。

他の女の子を抱きながら告白なんてできるか！

というわけで、ナギはただヘタレのせいだけでなく、再契約のせいで完全にフィオに告白できなくなってしまった。

この恋愛禁止も、いつかは解除しなくてはならない。

そのためにも女神に関する情報集めは進めておく必要がある。

「うおっ、まだにぎやかだなあ」

別荘地《べっそうち》を抜《ぬ》け、さっき夕食を取った酒場のあたりまで戻《もど》ってきた。

さすがに観光地だけあって、夜でも多くの店が開いていて、街は明るい。

これなら、夜中でも情報集めに支障はなさそうだ。

ナギには、狩人《かりゆうど》のスキル〝不眠山猫《スリープレス》〟がある。

本来は、夜《よ》を徹《てつ》して獲物《えもの》を追うためのスキルだが、これを発動させておけば睡魔《すいま》に襲《おそ》われることなく動ける。

歩きながら身体《からだ》の一部を眠《ねむ》っている状態にできるため、翌日の負担も小さいという、地味ながら有用なスキルなのだ。

もっとも、ナギはこの有用なスキルを、〝フィオと付き合う妄想《もうそう》〟を繰《く》り広げるために使っている。

「だって、夜に一人きりのときじゃないと、どんな顔してるかわかったもんじゃないし」

リーダーとして緩んだ顔を仲間に見せるわけにはいかない。

充分《じゆうぶん》見せていることには、本人はまったく気づいていないのだが。

「お、お兄さぁん……そこの、独り言の多いお兄さぁん……」

「ん……？」

ぶつぶつ独り言をつぶやいている間に、ナギは妙に薄暗い路地に入り込んでいた。

その路地に、一人の女の子——いや、ナギより年上の女がいた。

「お、お兄さん……ひ、暇《ひま》なのかなあ？」

「…………」

年齢《ねんれい》は二十歳前後といったところか。

肩《かた》まで伸《の》ばした薄い桃色《ももいろ》の髪《かみ》。

なかなかの長身で、胸がばんと張り出し、腰《こし》はぐっと引き締《し》まっている。

ただ、その抜群《ばつぐん》の体型を包み込んでいる服装が——

「……それ、バニー服っていうんだっけ？」

ナギは、冷静に質問した。

桃色髪《ももいろかみ》のお姉さんが着ているのは、肩は剝《む》き出しで、胸の谷間もばっちり見える、黒いへんてこな服だ。

同じく剝き出しの太ももは網《あみ》タイツに包まれていて、やたらと劣情《れつじょう》を煽《あお》ってくる。

おまけに、頭にはウサギの耳の形をした飾《かざ》りまでつけている。

「こっ、これはぁ、仕方なく……！　別に私の普段着《ふだんぎ》ではないんですう！」

「そんなもん普段着にできるほど、この街の風紀もどうかしてないだろ」

バニー服というものを、ナギは聞いたことだけはあった。

首都ベラルでも、ごく一部の特殊《とくしゅ》なお店でウェイトレスが着ているとか。

だが、実物を見たのは初めてだ。

はっきり言ってもの凄《すご》くエロいが、ナギはあまり動じていない。

往来でエロい格好をしておいて、お姉さんのほうが妙《みょう》に落ち着きがないせいだろうか。

「ああ、ちょうどよかった。あんた、女神についてなにか知らない？」

「ほぇっ！　め、めめめめめっ、女神様ですかぁ！」

「……なにその過剰《かじょう》反応」

バニーお姉さんは、あからさまに動揺《どうよう》してる。

「い、いえ……女神様のお話って……あ、あまりするものじゃないんですよう」

「女神が降臨したのもこの街のウリだろ？　むしろ積極的に話をするべきなんじゃ？」

「そ、それはそうなんですけど……でも、観光客向けの商売をしてる人はともかく、普通《ふつう》の人はその……め、女神様ってちょっと怖《こわ》いから……」

「わかる！」

「とても力強く頷《うなず》きますねぇ！」

もちろん、女神に理不尽《りふじん》な契約をさせられたナギだからこそ理解できる話だ。

特にあの剣の女神は、ナギを困らせて楽しんでいるようにしか見えない。

いつか倒《たお》す。というか、倒せば契約解除できるんじゃないだろうか？

「あ、そうじゃなくて……！　なんで私が迫《せま》ってるのに、普通に情報収集なんかしてるんですかあ！」

「冒険者《ぼうけん》なんだから情報収集するに決まってるだろ。ふー、まあ道端《みちばた》のバニーさんが女神の情報なんか持ってるわけないか……」

「こ、この人！　私がこんなド恥《は》ずかしい格好してるのにちっとも動じてない！」

「そっちがアタフタしすぎなんだって。だいたい、俺を誰《だれ》だと思ってるんだ？」

「し、知りませんよう……」

ナギも健康な男子、レイアやルティのエロい姿に動じることはあるが（エイリスは年齢的に論外）、見知らぬ女の子に迫られてもどうということはない。

なにしろ心に決めた人がいるから！

「……ナ、ナギナギが」

「んん？」

「ナギナギが薄暗い路地にバニーさんを引きずり込んで、パフろうとしてる！」

「エイリス⁉　おまえ、なんでこんなとこに⁉　つーか、パフるってなに⁉」

いつの間に現れたのか、エイリスがナギたちのすぐそばに立ち、ショックを受けた顔をしていた。

「なんだ、知らないのかナギナギ。こう、おっぱいの間に顔を挟《はさ》んで、ぽよぽよしてもらうことをなぜか〝パフる〟というんだ。有名な話だぞ。ベラルにもパフのお店はあるのに、ナギナギはなんで通《かよ》ってないんだ？」

「知らんよ！　そんなもん怖くて通えるか！」

正直、そのいかがわしいお店に興味がないでもないが、もしフィオにバレたらと想像するだけで身体の震《ふる》えが止まらない。

「まー、怖いっていうのが引っかかるけど、ナギナギは健全だなー。童貞《どうてい》というより、実は不能なんじゃないか？」

「おまえ、本気出すぞ。〝無限の超越者《オーバーリミット》〟、繰り出しちゃうぞ」

「お、おおう……グランドマスターの最強スキルまで使うか。ナギナギの本気、確かに伝わってきたぜ……！」

この恐《おそ》れ知らずの神官も、たまには怯《おび》えることとくらいあるらしい。

「う、うわーんっ、やっぱり私にはこんな仕事無理なんですよう！　無駄《むだ》に女のプライドをずたにされただけでしたよう！」

と、バニーお姉さんが半泣きで走り去ってしまう。

観光地だけあって、特殊な夜の商売をする人もいるらしいが、あんなのでお金が稼《かせ》げるんだろうか？

ナギは他人事《ひとごと》ながら心配になったが——一瞬《いっしゅん》で忘却《ぼうきゃく》する。

「というか、エイリス。ホントにおまえ、なんでここにいるんだ？」

「いやー、ナギナギが情報収集に出るんじゃないかなーと思って。つーか、そもそもナギ

ナギが情報を集められるように、この街で休養しようって言い出したっていうか」

「……やっぱり、そうだったのか」

エイリスは、妙に女神たちについて詳《くわ》しい。

ただ、エイリスから聞き出すのは難しそうだから、後回しにしようかと思ったが。

ナギの本音《ほんね》としては、実力でエイリスから情報を聞き出したいくらいだ。

「それにさ、実はあたしはこのアティシャにはちょっと詳しいんだ」

「なんだ、来たことがあったのか？」

「ついでに、知り合いも何人かいる。もちろん、女神について詳しい知り合いが！」

びしっ、と変なポーズを決めながら得意げな笑みを浮《う》かべるエイリス。

表情もポーズも大変にウザイが……。

「よし、教えろ。教えないなら、〝無限の超越者〟」

「……まさか、最強のグランドマスターの最強奥義《おうぎ》がこんな脅《おど》しに使われてるなんて、世の中の冒険者たちは夢にも思わんだろーなー」

「いいから、教えてくれ！　その知り合いってどこにいるんだ！」

「まあまあ、そう焦《あせ》らない。大丈夫《だいじょうぶ》、夜は長い。話を聞くのは簡単さ。ああ、さっきのお姉さんを呼んで、ちょっとパフってきてもお釣《つ》りが来るくらいだぞ！」

「だから、パフらないって言ってるだろ！」

やはり、一度くらいはエイリスに〝無限の超越者〟を叩《たた》き込んでおいたほうがいいかもしれない。

他にあてがないとはいえ、この神官と情報を集めることに不安がよぎるナギだった。


が、がくがくぶるぶる……。

ま、まさかナギ君がパフろうとしていたなんて……！

意味はよくわからないけど、とてつもなくいやらしいことのような気がする！

物陰《ものかげ》からナギとエイリスの様子を覗《のぞ》いていたフィオは、驚愕《きょうがく》に目を見開いた。

以前、フィオはルティから聞いたことがあった。

首都ベラルの歓楽街《かんらくがい》には、バニーの格好をして男性にサービスをするお店があると。

「よ、よく聞こえなかったけど……ナギ君がまさか……う、浮気《うわき》なの？」

別にナギがパフろうがなにをしようが、浮気でもなんでもないが、フィオは気づいていない。

そもそも、なぜフィオがナギを──ついでにエイリスを尾行《びこう》しているかというと。

酒のせいで気分が最悪で、寝《ね》ていられなかったので外の空気でも吸おうかと起き出したところで、〝亡霊歩行〟を使って別荘を出て行くナギを見かけたからだ。

本職の盗賊《とうぞく》や、すべての職業を極《きわ》めたナギにはかなわないが、フィオも冒険者なのだから、尾行や隠密《おんみつ》行動くらいはできる。

しかも、微妙《びみょう》に風の魔法《まほう》を使って物音が周りに聞こえないようにできる、オリジナルのスキルまで持っていたりする。

もはや、酔《よ》いなどすべて吹《ふ》っ飛んだ。

ナギが一人でいかがわしい夜の街を歩いているだけでも気が遠くなるのに、パフったり、エイリスと二人で行動するなんて！

「ど、どうしよう……と、とりあえずこの街を火の海に？」

などとつぶやいて、フィオは慌《あわ》てて首を振《ふ》る。

いくら混乱していても、罪もない街を業火《ごうか》に叩き込むのはよくない。

「と、とにかくついていってみよう。大丈夫、怪《あや》しい人を尾《つ》けるのも冒険者の基本。前に、怪しい大臣とか尾けたことあるし」

フィオは、こそこそとナギたちのあとを追っていく。

盗賊や狩人《かりゅうど》のスキルを持つナギはもちろん、野生児っぽいエイリスも気配に敏感《びんかん》そうなので、充分《じゅうぶん》気をつけないと。

「ナギ君……信じてるよ……」

と言いつつも、フィオの目は完全に死んでいた。


「なっ、なんだここ……？」

ナギは、ぽかんと口を開けて目の前の建物を見上げる。

エイリスに連れてこられたのは、繁華《はんか》街《がい》の外れ、喧噪《けんそう》も遠ざかったあたり。

そこには、巨大《きょだい》な一軒《いっけん》の建物があった。

五階建てで、そこまで高い建物は大陸最大の都市であるベラルでも少ない。

その窓には煌々《こうこう》と灯《あか》りがつき、掲《かか》げられた看板もけばけばしい輝《かがや》きに満ちている。

なんというか——いかがわしさが止めどなく溢《あふ》れている建物だ。

「まあ、宿屋みたいなもんだ。あたしはホテルって呼んでるけど」

「ホテル、ねえ……」

貴族用の宿屋のようなものだろうか。

紅い戦団が宿に泊《と》まるときはグレードなどは気にしないので、縁《えん》がない施設《しせつ》だ。

「で、なんなんだ、ここは。その〝女神に詳しい奴《やつ》〟が本当にこんなとこにいるのか？」

「まあまあ、焦らない。ただ、ここに入るにはちょっと面倒《めんどう》があるんだ」

エイリスは持っていた杖《つえ》で、ホテルの玄関《げんかん》を指し示す。

確かに分厚く、いかにも〝魔法がかかってます〟的な扉《とびら》がある。

「まずは世界に散らばる六つのオーブを集めて第一の扉を！　次いで四体の神獣《しんじゅう》に守られし四つのクリスタルで第二の扉を！　しかるのちに、凶悪《きょうあく》に強力な爆弾《ばくだん》で最後の扉を吹き飛ばすのだ！」

「そんな手間かけられるか！　というか、最後だけ雑だな！」

「こーゆー設定って、考えるほうも厄介《やっかい》らしいぞ。決して世界中でお使いさせられるほうが大変なばかりではなーい！」

「嫌《いや》がらせに労力を惜《お》しんでないだけじゃないか！　最後は面倒がってるし！」

それなら最後まで手間をかけてほしいくらいだ。

というか、なぜエイリスはホテル側の目線になっているのか。

「まあ、しょうがない。それなら、ナギナギの〝解錠《アンロック》〟で開けちゃってくれ」

「魔法で開くのかよ⁉」

「出力の問題だなー。普通《ふつう》の魔法使いの魔力《まりよく》じゃあの扉には歯が立たんけど、グランドマスターの魔力なら余裕《よゆう》余裕」

「まったく……それを最初に言えよ」

ナギは、魔法発動のための指輪をはめてから、扉に〝解錠〟を唱える。

重々しい音を立てて、本当に扉が開いていく。

「うわあ、中もえらいことになってるな……ベラルの城より豪華《ごうか》なんじゃないか？」

開放的なつくりのロビーには真昼のようにまぶしい灯りがついている。

高級そうなソファやテーブルがずらっと並び、正面には二階へと続く立派な階段。

ナギは、以前に数回、高名な冒険者パーティとして首都ベラルの皇城《おうじょう》に招待されたことがあった。

ホテルの内装の豪華さは、その皇城にも劣《おと》らない。

「ん？　でも、従業員がいないじゃないか。ホテルってそういうものなのか？」

「んにゃ、従業員はいっぱいいるぞ。まあ、あたしみたいな聖なる瞳《ひとみ》がないと、まず見られないかなー。ほら、あそこ見てみ？」

エイリスが指差した先、ナギたちのすぐ近くのテーブルに高価な硝子《ガラス》製のグラスに入った果実水と、果物の盛り合わせが置かれていた。

「……さっき、あんなもんあったか？」

「もてなしだ、おもてなしー。ここのホテルは気が利《き》いてるのさー。はいはい、さっそくいただくとしよう！」

エイリスはお行儀《ぎょうぎ》悪く、ぴょこんと跳《と》んでソファに着地し、果実水をすすり出す。

ナギは、気配を感知する〝探知《サーチ》〟のスキルが常時発動している。

よほど上手《うま》く気配を消されない限り、誰《だれ》かが動けば察知できるはずなのに……。

「あー、いいなあ。この実家のような安心感……！」

「おまえの実家がもの凄《すご》く気になるよ。それで、まだこの状況《じょうきょう》がわからないんだが」

ナギもソファに座って、念のために果実水に冒険執事《ぼうけんしつじ》のスキル〝毒味《テイスティング》〟をかけて無害なことを確認してから飲む。

「お、これは……」

「美味《うま》いだろ？　妖精《ようせい》の森で穫《と》れた果物の果汁《かじゅう》だよ。めったに人間は飲めないね！」

「あっ、そうか、妖精か……」

妖精は世界のどこにでもいて、どこにもいない。

人間が彼らの姿を見ることは難しいと言われている。

この果実水を用意してくれたのが妖精なら、ナギが気づかなくても不思議はない。

「……待て。妖精を従業員として使ってんのか、ここは？　妖精って人間にいたずらを仕《し》掛《か》けることはあっても、言うことなんて聞かないだろ？」

「そこが、このホテルの特殊《とくしゅ》なとこなのさー。おっ、いたいた！　おーい！」

エイリスは、ぴょこんと立ち上がり、ロビーに現れた人物に手を振った。

「うえ～？　あれ、え～と……」

「おお、ひっさしぶりー！　エイリスちゃん様の顔を見て癒《いや》されろーっ！」

無茶ぶりをされたのは、エイリスよりさらに小さな女の子――

見た目は十歳くらいだろうか。

紫色《むらさきいろ》の短い髪《かみ》にベレー帽《ぼう》をかぶり、エイリスのものとよく似た法衣を着ている。

やたらと可愛らしいが、手に高そうなワインの瓶《びん》を握《にぎ》っているのが気になるところだ。

「エイリス……な〜んで貴女《あなた》がここに？　グランドマスターのパーティに加わって、最強パーティおもしろ改造計画を進めてるって聞いたわよ〜……？」

「聞き捨てならないな！」

「まあまあ、ナギナギ。奴は感動の再会で錯乱《さくらん》して妄言《もうげん》を口走っているのだよ。それよりも――」

ナギにはまったく聞き流せなかったが、エイリスは強引《ごういん》だった。

「一応、紹介《しょうかい》しとくよ、ナギナギ。こやつの名前はソフィア。女神のことを訊《き》きたいならソフィアたんにお任せ！　あ、例の部屋でゆっくり話をしようか！」

「貴女……相変わらず、こっちの都合は無視して話を進めるわね〜」

ソフィアと呼ばれた幼女は、あからさまに呆《あき》れた顔をしている。

それにしても、幼女らしい外見に似合わない、けだるげな話し方だった。

「まあいいわ〜。下手《へた》に帰らせようとしたら、こっちが被害《ひがい》受けるだろうしね〜」

「さすがソフィアたん、よくご存じで！」

「………」

ナギには二人の関係がいまいちわからないが、とにかく話は聞けるようだ。

それなら、他のことはナギにはどうでもいい。

「うおっ……」

どうでもいいと思ったが、そうでもなかった。

ソフィアに案内されて、ホテルの最上階、五階にある部屋に通され――

というより、その部屋が五階のフロアを丸ごと占領《せんりょう》していて、凄《すさ》まじい広さだった。

世界中で珍《めずら》しいものをいろいろ見てきたナギでも、ちょっと驚《おどろ》いてしまった。

ドアから入って、廊下《ろうか》を少し進んだ先にリビングがあり、そこはナギたちの屋敷《やしき》の居間より広いかもしれなかった。

正面はすべて硝子戸《ガラスど》になっていて、眼下には美しい砂浜《すなはま》が見える。

さらに、リビングの隣《となり》の部屋との仕切りも硝子戸で、その向こうにはプールまであった。

もちろん、家具や調度品なども高級感全開。

こんなとんでもない宿屋、一泊《いっぱく》いくらするのだろう？

「……不経済だな。どうせ泊まるだけの部屋にこんな金かけてどうするんだ？」

「ナギ・スレインリード、だっけ～？　大金持ってる最強パーティらしからぬケチくさささだね～」

「気にするな、ナギナギは商売にうるさいんだ。それより、このナギナギが訊きたいことがあるらしいぞ」

「は～、訊きたいことね～……」

ソフィアは手に持っていたワインの瓶《びん》を開けると、いきなりラッパ飲みを始めた。

おそらく、庶民《しょみん》の一週間分の食費くらいする高級ワインがあっという間に飲み干される。

「ぷは～っ、美味い！　このワインを飲むためにこの街に住んでるようなもんなのよね～。知ってる？　これ、このあたりでしか穫《と》れないブドウからつくられてんの～」

「………」

ナギは、ようやく理解した。

ソフィアは、妙《みょう》にけだるげな話し方をしてると思ったら、酔《よ》っているらしい。

「というか、私に訊かれてもねえ～。頭回らないし～。質問があるなら、あっちの子たちにど～ぞ」

「あっちの子たち？」

ナギは、ソフィアがワインの空《あ》き瓶で指し示したほうを見る。

硝子窓の向こうのプール――確かに、そこには数人の人影《ひとかげ》があった。

プールの横に置かれた椅子《いす》や、パラソルの陰《かげ》に何人かいるらしいが、ナギの位置からは

角度的によく見えない。

「んー、こいつ酔っ払《ぱら》ってると使い物にならないからなー。困ったもんだ、うむうむ」

シラフでも酔っているようなエイリスが偉《えら》そうに言いながら、プールのほうへ向かう。

確かに酔っ払いに真面目《まじめ》な質問をしても無駄《むだ》そうだ。

「俺、未《いま》だにこの状況がわかってないんだが……なんなんだ、ここは？」

室内プールなんてものを見たのは、生まれて初めてだ。

そんなものが存在すると想像したことすらない。

なんというか——ナギが知っている国々とは文化そのものが違《ちが》うかのような。

「で、こっちにいる人たちはなんなんだ……って、おおいっ!?」

ナギは扉を開けてプールのエリアに入り——ぎょっとしてしまう。

そこにいたのは、十名ほどの幼女たちだった。

そう、また幼女だった！　しかも水着姿だ！

幼く、ぷにぷにしていそうな身体《からだ》を、わずかな布だけで覆《おお》っている。

「なんでこんなに幼女だらけなんだよ、このホテルはどうなってんだ!?」

「こらこら、ナギナギ。そんなに興奮するな」

「そういう意味で興奮してるんじゃないっ！　どこが女神に詳《くわ》しい者たちなんだ!?」

どう見てもただの幼女たちで、女神なんて超常《ちょうじょう》の存在を知っているとは思えない。

というより、普通じゃない幼女などバーサーカー神官だけで充分《じゅうぶん》だ。

「え、なに？　なんで人間の男がこんなとこに──って、エイリス⁉」

「げげげげっ、本当にエイリスだ！　まさか、遭遇《エンカウント》しちゃうなんて⁉」

「そんなバカな⁉　私たちの命運、ここで尽《つ》きるの⁉」

水着の幼女たちが一斉《いっせい》に立ち上がり、エイリスに怯《おび》えた目を向けてきている。

またおかしな方向に風向きが変わりつつある……。

「いやー、そんなに歓迎《かんげい》されると困っちゃうな。みんな、元気そうでなによりだぜ！」

エイリスの脳は幸せで満たされているようだ。

「あと、あたしから逃《に》げられるなんて思ってないよな！　逃げるほど危険が増す女、それがエイリス・ウォード！　よろぴくっ！」

「ぎゃーっ、逃げれば助かる可能性がわずかでもあるなら、私は逃げるっ！」

水着幼女の一人が悲愴《ひそう》な声を上げて逃亡《とうぼう》。

他の水着幼女たちも、同じく逃げ出そうとする。

「まったく、困った仔猫《こねこ》ちゃんたちだぜ。さあ、ナギナギ、奴《やつ》らを捕《つか》まえるのだ！」

「俺が⁉　水着の幼女を追いかけろと⁉」

「緊急《きんきゅう》クエストだと思うんだ、ナギナギ！　〝女神の謎《なぞ》を知る怪《あや》しげな水着幼女たちを捕まえて、いかなる手を使っても吐《は》かせろ！〟」

「こんなに嫌《いや》なクエストは、冒険《ぼうけん》者生活でも初めてだ……」

まだグランドクエストのほうがマシかも。

それでも——確かに、やるしかなさそうだ。

「グランドマスターを舐《な》めるなよ！　盗賊《とうぞく》と狩人《かりゅうど》のスキルを使えば、俺に捕まえられない生き物なんていない！　幼女だけは捕まえたくなかったけど！」

とはいえ、女神の情報のほうが優先だ。手段など選んでいられない。

幼女は、ちょうど十人。一人たりとも逃がさない！

「〝円状監視網《ルックアウト》〟——」

ナギは、盗賊系のスキルを発動させる。周囲で動くものすべてを探知する能力だ。

「〝追跡魔球《マーキングボール》〟！」

続いて微小《びしょう》な魔力《まりょく》でつくった球体を放出し、円状監視網で捉《とら》えた標的すべてに同時に叩《たた》きつける。

球は十人の幼女たちに次々と当たり、その部分にピンク色のシミが生じた。

ダメージは与《あた》えられないが、この球体を命中させた標的の位置を感覚で捉えることができる。

狩人が獲物《えもの》を追うためのスキルであり、通常は一体しか狙《ねら》えないが、ナギは盗賊のスキルを併用《へいよう》することで同時に複数に当てることができる。

「ぎゃーっ、本当にグランドマスターだ！　複数の職業のスキルを使えるとか反則！」

「というか、追跡魔球なんて私たちには通じないはずなのに！　なんで思いっきりマーキングされてんの⁉」

幼女たちはぎゃあぎゃあ言いながら、逃げ回っている。

ナギは高速で移動する聖騎士《せいきし》のスキル〝襲歩《ギャロップ》〟を使って、プールから逃げ出そうとする幼女たちを次々と捕まえていく。

そして、短い縄《なわ》を取り出し、捕まえた幼女をこれまた盗賊のスキル〝捕縛《マジックロープ》〟で、後ろ手に拘束《こうそく》。

「ははは、ちょこまか走り回っても俺からは逃げられない！　あきらめるんだな！」

ナギは余裕たっぷりだった。はたから見れば、小さい女の子を追いかけ回した上に縛《しば》り上げている、超《ちょう》ド級の変態でしかないが。

「幼女を追いかけ回す度胸があるのに、肝心《かんじん》なところでヘタれるのがうちのナギナギなんだよなー、うんうん」

などと、エイリスがなぜか嬉《うれ》しそうにうんうんと頷《うなず》いている。

「おっし、これで全員だな！　手間取らせてくれたな！」

ナギの前に、後ろ手に縛られた幼女が十人転がっている。

どう見ても、ナギの手が後ろに回りそうな光景だが、本人は夢中になるあまりに気づいていない。

「さーあ、それじゃ女神について教えてもらおうか。あ、ごめん。縄はキツくないか？キツかったら、緩《ゆる》めるから言ってくれ」

「……やっぱヘタレだな、ナギナギ」

「優しいって言ってあげたら〜？」

いつの間にか、酔いどれ幼女もプールに現れていた。

「め、女神についてって……わざわざ私たちに訊かなくても……」

水着幼女の一人が、なぜかエイリスをちらりと見た。

「あたしは多くを語らない！　女は慎《つつ》ましく、無口で常に影のようにナギナギに付き従うのみ！　ああっ、いじらしい！　可愛くて強くて健気《けなげ》な女の子、それがエイリス！」

「…………」

どう見ても、無口でもなければ健気でもないが、ナギは突《つ》っ込むのが面倒《めんどう》くさかった。

バーサーカー幼女より、今は水着の幼女のほうが重要だ。

「ナー――ナギ君が」

「ん？」

「ナギ君が、幼女趣味《しゅみ》に目覚めてる⁉」

「フィ、フィオ⁉」

いったいいつの間に現れたのか、フィオがプールのそばで杖《つえ》にもたれかかるようにして立っていた。

「そ、そんなバカな……むしろ、エイリスちゃんが仲間になって、幼女への幻想《げんそう》なんて打ち砕《くだ》かれると思ってたのに⁉」

「どさくさ紛《まぎ》れにめっちゃ失礼なこと言われてるなー」

はっはっはっ、と軽く笑うエイリス。この神官は大物ではある。

「ど、どうしてここに⁉　フィオ、酔い潰《つぶ》れてたんじゃ……」

「ちょっと待って。それを説明する前に、〝無限爆裂《インフィニット・バースト》〟を唱えさせて」

「唱えるな、そんなもん！」

無限爆裂はフィオが使う魔法《まほう》の中でも最大クラス。

そんなものをこの室内で使ったら、間違いなくホテルが倒壊《とうかい》する。

あと、反射してきてフィオも大ダメージ。

「なっ、なんだかわからないけど……今だ、みんな！」

「おーっ！」

突然《とつぜん》、ナギの前に転がっていた幼女たちがぴょんと立ち上がった。

ナギのスキルで結んだ縄がするりと外れ、全員の手が自由になる。

「なにっ……!?」

ナギのスキルは、戦士系以外のものは専門職に威力《いりょく》などで劣《おと》りがちだが——そう簡単に外せるようなものでもない。

いったい、この幼女たちは何者なのか——

「なんでもいいから、ぶちこんじゃえ！　死ななきゃなにやっても大丈夫《だいじょうぶ》だろうし！」

「グランドマスターに手加減なんかできるかーっ！　あと、縛られた恨《うら》み！」

「そうだそうだ！　幼女ども、遠慮《えんりょ》はいらんぞー！」

水着幼女たちの物騒《ぶっそう》な発言に、エイリスが嬉しそうに同意している。

「おおいっ、エイリス！　おまえ、誰《だれ》の味方なんだ!?」

叫ぶナギの前で、十人の幼女たちが一斉にどこからか短い杖を取り出して、いきなり魔法を発動させる。

これは、神官系の魔法か――！

「ナ、ナギ君！　危ないっ！」

「フィオ、前に出るな！　俺が抵抗魔法《カウンターマジック》を――」

幼女たちがなにを使ったかわからないが、魔力を高めて魔法に抵抗《ていこう》しなければ。

とっさの判断で、ナギは抵抗魔法を発動させたものの――

「うおっ!?　こ、これは……！」

十人の幼女たちの魔法は、桁違《けたちが》いに強力で。

エイリスにも負けず劣らずの魔法を浴びて、ナギの目の前が真っ白に染まっていく――

「痛《いて》えっ……！」

どがっ、と鈍《にぶ》い音とともにナギは地面に叩きつけられた。

「痛た……あれ、ここって……？」

ナギはあたりを見回して、見覚えのある光景だと気づいた。

別荘《べっそう》の風呂場《ふろば》に隣接《りんせつ》する脱衣《だつい》場だ。一通り、別荘内は確認してあったのですぐにわかった。

どうやら、いくつか同時にくらった魔法の一つは〝強制帰還《きかん》〟だったらしい。

かなり珍《めずら》しい魔法だ。任意の対象を強制的に空間転位させる魔法だが、わざわざ相手の本拠地《ほんきょち》に移動させてしまう。

ナギは現在、ベラルの屋敷《やしき》ではなく、この別荘を本拠地と認識していたらしい。

「んん……？」

ナギはその壁際《かべぎわ》に置かれた棚の上にいる。

「……って、なんだこれ！　小人化《こびとか》か……！」

毒や混乱などと同じ、状態異常《バッド・ステータス》の一種だ。

身体がてのひらくらいの大きさにまで縮んでしまう。

これもまた珍しい魔法で、ナギもこれまでくらったのは数えるほどだ。

「くっそー、いくつかの魔法には抵抗《レジスト》できたはずなのに！　よりによって、こんな面倒くさい魔法をくらっちまうとは！」

ナギは、攻撃力《こうげき》や防御力《ぼうぎょ》、素早さ、魔力、あらゆるステータスが最高レベルにまで達しているが、どうにも運だけは低い傾向《けいこう》がある。

それでよくまあ、運が重要と言われる冒険者生活で生き残っているものだが。

「参ったなあ……」

この状態異常の厄介なところは、小さくなったことで物理的な戦闘《せんとう》能力が失われるだけでなく、魔法まで封《ふう》じられてしまうことだ。

くらった本人には治療《ちりよう》する手段がない。

モンスターには通じにくく、そもそも戦闘で使うものではない。

味方を小さくして、普通《ふつう》の人間では通れないダンジョンの隙間《すきま》などに入ったりするのが主《おも》な用途《ようと》だ。

複数の状態異常に対応したポーションなら治療可能だが、そもそも小人の大きさではポーションの瓶《びん》すら開けられない。

「くそっ、さすがエイリスの知り合い……厄介な魔法をかけてくれたなあ」

しかも、普通ならただ身体が縮むだけだが、全身が丸っこくなっていて、まるでぬいぐるみだ。

あの幼女たち、見かけによらず強力かつ特殊《とくしゅ》な魔法の使い手らしい。

「いや、でも……ただの幼女じゃないってことだ。もしあいつらが、特殊な力を持った、名のある幼女なら……」

名のある幼女ってなんだろう、なんて疑問はどうでもいい。

「本当に女神のことを知ってる可能性も出てきたな」

こうなると、のんびりしていられない。

急いでホテルに引き返し、今度こそ女神の情報を聞き出さなければ――

「ふあ……ちょっと飲み過ぎましたかしら。わたくしとしたことが、この程度のお酒で酔《よ》うなんて」

「ふふふ、ご主人様の前で酔って勢いをつけようとしたんじゃないですか？」

「なっ、なんのことですのっ⁉　ルティさんはなにか誤解してますわ！」

ナギが立ち上がろうとしたそのとき、扉《とびら》が開いてレイアとルティが脱衣場に入ってきた。

ナギは二人に助けを求めようとして――思わず固まってしまう。

おいおい、なんで脱《ぬ》ぎながら入ってくるんだよ……！

そう、レイアもルティも服をはだけて、肌《はだ》をあらわにしている。

レイアは上下ともに赤い下着、ルティは白い下着がほとんど見えている状態だ。

うおお、完全に無防備で、めちゃくちゃにエロい！

二人のあられもない姿は何度か見てしまっているが、ナギの目を気にしていないと、それはそれで別のエロさがある。

「い、いいからさっさと入りましょう。わたくしたちのお屋敷ほどではないですが、ここのお風呂も広くて気持ちよさそうですわ」

「そうですね、ご主人様と気持ちいいことをやり損《そこ》ねましたもんね」

「ルティさーんっ！　あなた、品がありませんわよ⁉」

服を脱ぎながら脱衣場に入るのも、充分《じゅうぶん》に品がない。

ナギは目を逸《そ》らしたかったが、下手《へた》に動けばレイアたちに感づかれる。

彼女たちも、最強クラスの冒険者《ぼうけんしゃ》。動くものには敏感《びんかん》すぎるくらい敏感だ。

まさか、小人化がこんな予想もしない危機を招くとは……。

「まったく、もう……ナギさんとフィオさんにエイリスさんまでお出かけしてるみたいですし、うちのパーティはどうなってますの？　ま、まさか三人でいかがわしいことをしてるんじゃないですわよね……？」

「まあまあ、遊びにきてるんですし、いいじゃないですか。それに、フィオ様とエイリス様がその気になっても、ご主人様はヘタレですから」

「………………」

思わず立ち上がりそうになって、ナギは必死に自分を抑《おさ》え込んだ。

あのメイド、人が聞いてないと思って言いたいことを——と思ったが、ルティはナギの前でもこんなものだった。

まさに歩く慇懃《いんぎん》無礼。

「そ、そうですわね。ナギさんは、どうしようもないヘタレですものね」

「その気になれば、私たちと一緒《いっしょ》にお風呂に入ることもできるのに。なにしてるんでしょうね、あの人は」

「わたくしは入りませんわよ⁉」

聞き流せない会話をしているが、その間にも二人は服をするすると脱いでいく。

レイアもルティもよく育っていて、スタイルの良さはかなりのものだ。

「…………っ」

ナギは目を逸らせないのが、身体《からだ》を動かすとヤバいからか、目を奪《うば》われているせいなのかわからなくなってきた。

レイアは肌が真っ白で、おっぱいもかなり大きい。

元は良家のお嬢様《じょうさま》らしいが、それも納得できる気品のある綺麗《きれい》な身体だ。

ルティも胸の盛り上がりはなかなかのもので、メイドの仕事で日々動き回っているからか、腰《こし》がきゅっと引き締《し》まっていて、脚《あし》もすらりと美しい。

そんな二人の美少女が目の前で服を脱いでいるのだ。

いくら心に決めた人がいても、これで目を逸らせるようなら男じゃない。

いや、でも……！　フィオに悪いし……！

別にフィオと付き合っているわけではないので、悪くもなんともないのだが、今のナギはそんなことには気づけない。

「あら？　なんでしょう、これ？」

「…………っ！」

不意に、ルティがナギが載《の》っている棚に近づいてきて、小人化——ぬいぐるみ化したナギを取り上げた。

「こんなもの置いてましたっけ？　なんだかご主人様に似てますけど」

「あら、本当ですわね。可愛いような、憎《にく》たらしいような」

ほぼ半裸《はんら》のレイアとルティが、さらに近くに。

ナギは、心音が二人に聞こえないか心配になるほどだった。

「まあ、ご主人様はよくある顔をしてますからね。似たような顔のぬいぐるみだってあるでしょう」

やはり、言いたい放題のメイドだった。

「ああそうだ、お湯に沈《しず》めて遊んでみましょうか」

「そうですわね、水責《ぜ》めと熱湯《ねっとう》責めの二段構えでいじめるのも楽しそうですわ」

「………」

俺はこの二人に恨みを買うことでもしただろうか……？

ナギは、割と本気で恐《おそ》ろしくなってきた。

「なーんて、敬愛するご主人様にそっくりなぬいぐるみにそんなことしませんよね」

と、ルティは、ぽいっとぬいぐるみを棚の上に放り投げた。

「ええ、わたくしもどうせストレスを解消するなら本人相手のほうがいいですわ」

レイアもくるりとナギに背中を向け、また服を脱ぎ出す。

二人はナギぬいぐるみに既《すで》に興味をなくしたようだ。

「い、今のうちに……！」

ナギはきょろきょろとあたりを見て、棚の上の通気口に身体を滑《すべ》り込ませた。

どこに通じているかわからないが、これ以上ここにいて、覗《のぞ》きがバレるよりマシだ。

ナギは暗くて長い通気口を這《は》うようにして進み――前方に光が見えてきた。

「よかった、脱出《だっしゅつ》成功――っと！」

出口に達すると、その先にはなにもなかった。ナギは宙に放り出され――

「はうっ⁉」

突然《とつぜん》、誰《だれ》かの声が聞こえ、ナギの目の前が真っ暗になった。

な、なんだこれは？　なにか、ぷにぷにと柔《やわ》らかいものに全身が包まれている――！

「きゃっ、ひゃあうっ！　なんだっ、虫か⁉　ひゃあああっ！」

ずぼっとナギが引き出され――

「なっ、なに？　ナギ殿《どの》の……ぬいぐるみ？　なんでこんなものが……？」

ナギのうなじを摑《つか》み、持ち上げているのはミフユだった。

通気口はミフユの私室に通じていたようだ。

どうやらミフユは着替《きが》え中で、ナギはその胸の中に飛び込んでいたらしい。

ん……？　だったら、さっきの柔らかいものはなんだったんだ？

ミフユはバカみたいに鍛《きた》え上げているのに、なぜか大胸筋《だいきょうきん》が異様に柔らかいことはナギも知っていたが。

まあ、いい。ミフユに頼《たの》んで治療用のポーションを――

「………っ⁉」

なぜか、ナギは顔が赤くなってしまう。

着替え中だったミフユは着物の前をはだけ、胸に巻いているサラシもほとんどほどけている。

おかしい、いつものことだがおかしい。

なんでこいつは男なのに妙《みょう》に色気があるんだ――！

男の着替えを見たからって、なんともないはずなのに。

なぜか、ここでミフユに話しかけることができない。

「ど、どうしようか。これは、ルティ殿がつくったんだろうか？　お湯にでも沈めて遊ぶために……？」

ミフユ、変なところで凄《すさ》まじく鋭《するど》い。

というか、あのメイドは仲間にどう思われているのか。

「い、いや。ルティ殿もそんなものをつくるほど暇《ひま》ではないだろう。たぶん、前の住人の忘れ物だな。それなら、僕がもらっても――くっ、違《ちが》う！　なにを考えてるんだ、僕は！ナギ殿のぬいぐるみにすりすりするなど、そんなのはサムライにあるまじきこと！」

いきなりミフユはナギを床に投げつけ、悶《もだ》え始める。

今だ、ミフユがこっちから目を離《はな》した――逃《に》げるなら今しか！

ナギはわずかに開いていた扉の隙間《すきま》から、素早く脱出する。

まだミフユが悶えている声が聞こえてくる。

彼はやはり情緒不安定なようなので、そのうち男同士で話をするのもいいかも。

「はー、ヤバかった……レイアたちよりミフユのほうがなんかヤバい……」

とにかく、今度こそ脱出成功だ。

もうミフユも頼《たよ》れないとすると、自力でポーションを見つけてなんとかするしかない。

「あっ……」

「え？」

不意に声が聞こえ、ナギがそちらを見上げると。

絶景が広がっていた。

真っ白なすらりとした脚、太もも、それにピンクと白のボーダー柄《がら》のパンツ。

こ、これは……！

「ナ、ナギ君……？」

「……フィオ！」

ミフユの部屋の外、廊下《ろうか》に立っていたのはフィオだった。

彼女もナギと同じく強制帰還《きかん》をくらっていたようだ。

向こうは、下着が丸見えになっていることは気づいていないらしい。

そうか、小さくなるとこんな嬉《うれ》しいメリットが！

戦闘《せんとう》時に小人化したら周りを気にするどころじゃないから、こんな角度からフィオのスカートの中を覗けるなんて、気づきもしなかった！

素晴らしい、ありがとう！　なんてことは、口には出せないが。

「ナ、ナギぐるみ……」

「は？　フィオ、なにを……」

「ナギぐるみ、可愛いいいいいいいいいいいいいっ！」

「ぐおっ！」

フィオはナギを拾い上げると、ばたばたと走り出し、自分の部屋へと飛び込んだ。

「ナギ君、小人化……かな？　わたしは強制帰還だけで済んだけど、ナギ君はあの幼女たちに状態異常までくらってたんだね！　でもこれ、すっごく可愛い！」

「そ、それはどうも。でも、できれば治療《ちりょう》用のポーションを持ってきてほしいかな……」

「や」

「嫌《いや》なのか⁉」

「このナギぐるみ、可愛すぎるよ。ナギ君……一生このままでもいいんじゃ？」

「残りの生涯《しょうがい》、ぬいぐるみで過ごせと⁉」

フィオはベッドの上に座り、ナギを両手で包み込むように持って、うっとりした目を向けてくる。

ぬいぐるみ状態のナギをずいぶん気に入ってくれたらしい……。

「ああ、じゃあ元《もと》に戻っちゃうの……？　それなら、いつでもナギぐるみにできるようにわたしもこの魔法覚えたい！」

「い、いや……たぶん神官系の魔法だぞ、これ」

「それなら神官に転職する！　わたしは明日から神の子！」

「なるな、なるな！　唯一《ゆいいつ》の魔法使いに転職されちゃ困る！」

今は戦力になっていないとはいえ、魔法使いの火力なしでは紅い戦団は立ちゆかない。

「うう、やっぱりダメだよね……わかってた。でも……それなら、本題に戻るよ」

「本題って？」

ナギが聞き返すと、フィオはじろりと鋭い目を向けてきた。

「……ううん、普通《ふつう》に質問してもとぼけられたらアレだし。ああ、そうだ。ちょうどアレを試したかったの。ごめん、ちょっと後ろを向いていて」

アレとかアレとか、なんのことだろうか。

ナギが首を傾《かし》げつつも、素直にフィオに背中を向けると。

ゴソゴソと衣擦《きぬず》れの音が聞こえてきて――

「はい、もういいよ。ちょっと慣れてないから、これでいいかわからないんだけど」

「わからないって、なにが――なっ⁉」

振《ふ》り返ると、そこには別の服に着替えたフィオがいた。

なんだかやたらとヒラヒラした、フリルだらけの服だ。

「フィ、フィオ。その服は……？」

「ん、んっと……ナギ君が次々と女の子を連れてくるのは慣れたけど、今度はエイリスちゃんみたいな幼女を連れてきたから！　さっきは幼女たちを追いかけ回してたし！　もしかして変な趣味《しゅみ》に目覚めたんじゃないかと思って、それなら確かめておかないと！　こ、こういう服装で興奮するようなら危ないから！」

「は、はぁ……」

フィオの顔つきは幼くないし、身体は完全に育ちきっている。

そんなフィオが、子供が着るようなヒラヒラした服を着ているのは――
ヤ、ヤバい。スカートの丈《たけ》がやたらと短いし、胸もぱつんぱつんだし、エロすぎる！
相変わらずフィオは思考がぶっ飛んでいるが、そのおかげで片思いの子のこんなエロい姿を見られるのだ。ありがとう！

「あれ、ぬいぐるみだからわかりにくいけど、顔赤くなってる……？」

「そ、そんなことはないぞ！　というか、さっきの幼女たちを追っかけてたのには深いわけが！」

興奮しているのは子供っぽい服装のせいではなく、相手がフィオだからだ。

しかし、そんなことを言うのも〝告白〟の範疇《はんちゅう》かもしれない。

そうなると、またレイアやルティを引き寄せかねない。しかも、あの二人は入浴中だ。全裸《ぜんら》の令嬢盗賊《れいじょうとうぞく》と腹黒メイドがこの場に現れたら、とても大事ななにかが終わる気がしてならない。

「……そう。でも、その〝わけ〟次第ではわたしはナギ君もろとも無限爆裂でこの別荘《べっそう》ごと木《こ》っ端微塵《ぱみじん》になることも辞さない覚悟《かくご》」

「フィオ、俺が幼女好きだったらそんなに嫌なのか⁉」

なにげなくレイアたちも巻き込まれることになるし。

「はいはーい、フィオるんは愉快な格好で物騒《ぶっそう》なこと言わない。ナギナギもいつまでもそんな姿で、可愛がられることを期待してちゃダメー」

「………………っ」

ぱっ、とナギの目の前が突然明るくなったかと思うと。

次の瞬間《しゅんかん》には、いつもどおりの姿に戻り、ベッドの上に座り込んでいた。

「おおっ、元に戻った！　あー、よかったよかった。あの幼女の魔法、普通の治療じゃ治らないとかだったらどうしようかと思ってた！」

「まあ、あそこの幼女たちは恐《おそ》ろしいからね。あれだけ揃《そろ》ってたら、この街くらい軽く蹂《じゅう》躙《りん》しちゃうぜ」

そんなことを言ったのも幼女――というか、エイリスだった。

杖《つえ》を振って、治療魔法をナギにかけてくれたのだ。

「……ちぇ」

フィオはなにやらご不満な様子で、ナギを治療したエイリスを睨《にら》んでいる。

たまにフィオは、パーティの仲間に人殺しみたいな視線を向けることがある。

「いろいろおもろいこともあったみたいだなあ。見損《みそこ》ねたのが惜《お》しーいっ！　強制帰還を跳《は》ね返す神聖な魔力《まりょく》がこんなに口惜《くちお》しいと思ったのは初めてだぜっ！」

「おまえ、歩いて戻ってきたのか。ていうかもう、いろいろ回りくどい！　エイリス、知ってることがあるならさっさと話せ！」

「え？　ナギ君、なんのこと？」

「あー……ちょっと、調べ物が」

しまった、つい口が滑《すべ》ってしまった。

ナギは今さら気づいたが、もう遅《おそ》い。

なにか手がかりを摑《つか》むまでは、フィオには黙《だま》って調査を進めるつもりだったが――

もうこうなったら、フィオにも女神の調査を手伝ってもらってもいいかも。

「ほえ〜、まあウチのホテルほどじゃないけど、悪くはないな〜。あ、酒はないの〜？」

突然《とつぜん》、扉《とびら》から入ってきたのは、また幼女——酔《よ》いどれ幼女のソフィアだった。

さっきよりさらに酔っているようだ。手には、またワインの瓶《びん》を持っている。

「とりあえず、連れてきた！　もっと酔わせて口を滑らせるって手もあるよな！　まあ、女神について知りたいっていうなら、ソフィアに訊《き》くのが一番早いぞ！　なんつっても、こいつこう見えても女神だから！　しかも——〝知識の女神〟だ！」

「は…………………？」

エイリスの言葉に、ナギはぽかんと口を開け、フィオも呆気《あっけ》にとられた顔をする。

女神……この酔っ払《ぱら》いが？

しかも知識の女神？

ナギが見た〝剣《けん》の女神〟は美しい女性で、多少おかしなところはあったが、神々《こうごう》しいオーラを放っていた。

残念ながら、この酔っ払い幼女には神々しさのかけらもない……。

もちろん、知性も見当たらない。

いや、知性と知識が別物だというのはわかるが……。

ナギは疑わしい目をソフィアに向けながらも、グランドクエストのヒントになるならこの幼女を逃がすつもりはなかった。

どうでもいいが、俺はさっきから幼女幼女と頭の中で連呼しすぎているかも。

「うん、美味《うま》い美味い。この魚、いい具合に塩が利《き》いてるな〜。ワインによく合う〜」

別荘のリビング。

そのテーブルには、ルティが用意した料理がどっさりと並んでいる。

ワインをがぶがぶ呑《の》みながら料理を堪能《たんのう》しているのは、当然ながらソフィアだ。

「ん？　君らは食べないの〜？」

「……もう晩飯は済ませたんで」

ナギは、ソフィアの食欲《しょくよく》を呆《あき》れながら眺《なが》めている。

いろいろありすぎて忘れそうだが、今はまだ夜中。

ルティの料理は美味そうだが、朝食には早すぎる。

「それより、あんたが女神っていうのは……」

「ん〜、はっきり言ってこの街じゃ珍《めずら》しくないな〜。アティシャは女神が降臨した街というより、女神が降臨し続けてる街だし〜」

「そ、そんなにポンポン降りてきていいもんなのか、女神って」

めったに姿を見せないからこそ、ありがたみがあると思うのだが。

「いいんだよ～。この街は景色も綺麗《きれい》だし、あったかいし、居心地《いごこち》いいんだよね～。天上はずっといると飽《あ》きちゃうし～。降りてきたら、そのまま住み着いちゃうんだよね～」

「天上って飽きるようなとこなのか……？」

女神たちが住む、上空にあるという世界。

誰《だれ》もが楽園のような場所だと思っているのだから、夢を砕《くだ》かないでほしい。

「このキャベツの酢《す》漬《づ》けもよく漬《つ》かってるな～。美味い美味～い。いやまあ、あまり地上をウロウロするのもなんだから、みんなあのホテルに籠《こ》もりがちだけどな～。ていうか、神があまりウロつかないでくれって、神殿《しんでん》の連中に言われてさ～。で、神官たちが信者から巻き上げた金で女神のために建ててくれたのがあのホテルってわけ～」

「……やっぱ、あのホテルにいた幼女たちも、みんな女神なのか」

神殿の金で建てたという話は気になるが、ナギは突《つ》っ込まないことにする。

「幼女？　幼女ってなんですの？」

「ホテルで幼女……なぜか、とてもいかがわしい響《ひび》きのような」

身を乗り出してきたのはレイアで、嫌そうな顔をしているのはミフユだ。

料理を用意したルティだけでなく、リビングにはパーティ全員が集合している。

女神の登場というなかなかの非常事態なので、集まってもらったのだ。

「あの幼女たちが女神……人間じゃないなら、叩《たた》きのめしておいてもよかったかも」

いつもの服に着替《きが》えたフィオが、ぷくっと頬《ほお》をふくらませている。

「はっはっは、女神相手でもまったくビビらないとか、さすがフィオるん！」

「……そういうエイリスちゃんは、女神たちとずいぶん親しいみたいだけど？」

「幼女仲間だ！」

「それだと、ナギ君と同じ幼女好きの集まりみたいだよ」

「おいっ、だから俺が変な趣味持ってるみたいに言うなよ！」

美少女数人をはべらせて、美少年好きで、幼女趣味とかどれだけイカレているのか。

ナギはあくまでフィオ一筋なので、そんな扱《あつか》いは心外だった。

「あたしくらい徳の高い神官ともなれば、女神の知り合いもいるのさー。ほら、神殿の神官たちだって、女神とやり取りして、職業ごとの祝福を冒険者《ぼうけん》に与《あた》えてるだろー？」

「まあ、そうだな……」

そもそも、神官というのは天上の神々ともっとも繋《つな》がりの深い職業だ。

ナギも一度は神官に転職しているので、それはよく知っている。

ただ、エイリスと女神たちの繋がりはもっと深いような気がしてならないが……。

「資格を得た強者《つわもの》たちの前に使者が現れる。遠き神々の時代に、女神とモンスターとの間に結ばれた盟約に基づき、試練は発動する――」

「ん～、魔法使《まほうつか》いちゃん、それどこで聞いたの～？」

フィオの突然の言葉に、ソフィアが怪訝《けげん》な顔をする。

「冒険者ギルドの団長ちゃん。ナギ君、そんな感じのこと言ってたよね？」

「ああ、よく覚えてたな」

団長がナギに教えてくれた言葉だったが、フィオも聞いていたらしい。

「あ～、あいつか～。あいつ、まだ生きてるんだよね～。人間なの、あれ～？」

「そういえば団長ちゃんも幼女系だけど、まさか……？」

「ちゃうちゃう～、あれはただの若作りだろ～。少なくとも、奴《やつ》は女神ではないな～」

というか、団長はこの女神と面識があるのか。

ナギはますます、団長の正体がわからなくなってきた。

「とにかく……女神はグランドクエストと関《かか》わりがあるんでしょ？　だったら、二つ目のグランドクエストのことも知ってるんじゃないの？」

なぜか、ナギではなくフィオが質問係になっている。

とはいえ、呪《のろ》いを解くためにグランドクエストをクリアしたい――というのは基本的にフィオの問題なのだから、当然ではある。

「……エイリスちゃんは知ってても教えてくれないみたいだし」

「あたしがグランドクエストについて知ってるのは、基礎《きそ》的なことだけなんだよ。ぶっちゃけ、興味なかったし」

エイリスはすっとぼけている。ただ、興味がなかったというのは嘘《うそ》ではないようだ。

「ふ～む、グランドクエストね～。ところで、そこのグランドマスター君～。君のお父上はどこの伝説の戦士なの～？」

「は？」

ナギは首を傾《かし》げる。

また話が飛んだ。しかも意外すぎる方向に。

「うちの父親は武器屋のオヤジだけど。ちなみに店で一番高い武器は、五百ジェニル」

五百ジェニルなど、首都ベラルではボロ屋の家賃にもならない。

「えっと～……お母様はもしかして妖精種《ようせいしゅ》かな～？」

「主婦だよ。ちなみに、お袋《ふくろ》の実家は読み書きを教える塾《じゅく》をやってる」

ナギもその塾で基礎的な学力を身につけたのだ。

「お、おかしい……剣の女神に選ばれ、幻《まぼろし》の職業のグランドマスターになって、おまけにグランドクエストをクリアしたパーティのリーダーが……そんなんなの～？」

「そんなん⁉ ナギ君はこんなんでも最強のグランドマスター、わたしが何度パーティを全滅《ぜんめつ》させかけてもみんなを守ってきた人なんだよ！」

「わたくしのような物を盗《ぬす》むのを嫌《いや》がる、プライドだけは無駄《むだ》に高い、面倒《めんどう》くさい女を使ってくれたのはナギさんだけですわ！」

「ご主人様、最強になっても街の少年だった頃《ころ》から変わらないところがいいんですよね」

「僕の切腹《せっぷく》を止めようとするところ以外は腕前《うでまえ》といい、リーダーとしての仕事ぶりといい、文句をつけるところはない！」

と、知識の女神に、パーティの仲間たちが一斉《いっせい》に反論する。

特にフィオは、女神に杖《つえ》を突きつけかねない勢いだった。

……俺ってもしかしてけっこう愛されてる？

思わずうぬぼれてしまいそうになるナギだった。

「なるほど～、これだけの高レベル冒険者たちに慕《した》われてる奴がリーダーなら、わからなくもないかな～」

ソフィアは、フィオたちの剣幕《けんまく》にも動じずにぐびぐびとワインをラッパ呑みする。

「とはいえ、グランドクエストはよく知らんな～。そこの魔法使いちゃんの呪いもね～」

「おい、知識の女神」

説明していないのにフィオの呪いに気づいているのは、さすがというべきなのかもしれないが、期待を裏切ること甚《はなは》だしい。

「知らなくていいことは私だってわざわざ知ろうと思わんよ～。まさか、一つ目のグランドクエストをクリアする奴が出てくるとは夢にも思わなかったし～」

「エイリス、こいつただの酔っ払いだぞ。連れてきても意味なかったんじゃ？」

「待て、ナギナギ。慌《あわ》てるのはまだ早い。意外と女神は地上ではたいしたことはできなかったりするんだ。確かにただの酔っ払いだけど、こいつには力を授けることができる！」

「……それって女神契約者のことか」

果たして、この女神と契約を結んで有用な力が得られるのだろうか。

まあ、剣の女神ものんびりしていて、あまり有能そうには見えなかったが――

ナギがグランドマスターまで成長できたのは彼女が授けてくれた力のおかげだし、グランドクエストのボスを撃破《げきは》できたのも彼女の力添《ちからぞ》えのおかげではあった。たぶん。

「ナギナギがあたしをバカにしてる気がするけど、話を続けるぞ！」

「いや、別にエイリスをバカにには……」

ナギは剣の女神のこともバカにはしていない。

なにしろ、恋愛禁止《れんあい》なんていうナギがもっとも嫌がることを再契約の条件にしてきたくらいだ。

嫌がらせに関しては、卓越《たくえつ》した手腕《しゅわん》を持っていることは確実だ。

恩はあるが、それはそれとして逆襲《ぎゃくしゅう》したい。

「ま〜、そうだな〜。支配者《ドミネーター》だっけ〜。あいつウザかったからな〜、女神との盟約がどうこうとかうるさかったし〜。冒険者も何人もあいつに倒《たお》されたし〜。支配者を倒してくれたグランドマスター君たちに、ご褒美《ほうび》に情報くらいあげるか〜」

「さっすがソフィアたん、話がわかる！　さあ、もっとぐいぐいいって！」

エイリスが調子に乗って、ワインをグラスいっぱいに注ぐ。

「って、でもこの酔《よ》っ払《ぱら》いはグランドクエストのこと、知らないんだろ？」

「だから、知ってる——調べられる奴を紹介《しょうかい》するよ〜。ほいっ」

ソフィアはスプーンを取り上げて、カラになっていたワインの瓶《びん》をチーンと叩いた。

同時に、ソフィアの隣《となり》の空間に濃密《のうみつ》な魔力《まりょく》が生じて——

「ひゃあうっ⁉」

バニーガールがあらわれた！

フィオは、けいかいしている！

「って、なんでいきなり警戒態勢《けいかいたいせい》に入ってるんだ、フィオ！」

フィオは杖を構え、全身で魔力を練《ね》り上げ始めている。

「だ、だって……幼女の次はバニーだよ？　もうこれは、ナギ君をダメにしようとしている何者かの陰謀《いんぼう》としか……！」

「俺は幼女やバニーでダメになるのか！」

いったいどんな人間だと思われているのだろうか。

「って、さっきのバニーじゃないか？」

「は、はぁい……なんですか、どうして急に強制転位させられたんですかぁ⁉」

さすがは女神、転位の魔法くらいは軽いらしい。

とはいえ、本当にどうしてこのバニーが呼ばれたのだろうか。

「ナギさん？　いつの間にバニーガールとお知り合いに？　ちょっとお話がありますわ」

ぽん、とレイアが俺の肩《かた》を叩いてくる。

お姫様《ひめ》のような上品な笑みが浮《う》かんでいるが、強烈《きょうれつ》な殺気が渦巻《うずま》いている。

いったい、なぜ。俺は道端《みちばた》でバニーガールと知り合ったら殺されるのか？

「えーと……俺にもなにがなんだかわからん！」

ナギは説明を放棄《ほうき》する。なにを言ってもレイアは聞く耳を持ってくれそうにない。

というか、フィオもルティも、なぜかミフユまで殺気を放っている。

「この子は、リッテ・ワイズ。え～と、二十一歳だっけ～？　職業は見てのとおり賢者《けんじゃ》」

「見てもわからんぞ！」

どれだけツッコミ待ちの存在なのだろうか。

賢者は、攻撃《こうげき》魔法と回復魔法を両方使いこなす、オールラウンダーの魔法使いだ。

名前のごとく、高い知能を持つ職業なのだが……。

「リッテ……ちゃん？　あんまり賢《かしこ》いように見えないけど？」

「いきなりひどいですよう！」

フィオの容赦《ようしゃ》ない一言に、バニーガールが泣きそうになる。

「ま～、確かに言わんとすることはわかるけど～。間違《まちが》いなく賢者だよ～。しかも、この私が力を授けた女神契約者なのさ～」

「女神契約者！　こいつが⁉」

「こいつ⁉　私、たぶんあなたより年上ですよう！」

今度はナギの言葉に、リッテがどばーっと涙《なみだ》を流す。

おっと、つい年上に礼を失するようなマネを。

冒険者同士は歳が多少違っても、あまり敬語とか使わないからな。

ナギは気を取り直して。

「……なんでバニー衣装なんだ？」

「そ、それは気にしないでくださいよう！　そこを語り出すと涙が止まらなくなるので！　私ではなくみなさんの涙が！」

「は、はぁ……」

女神が紹介したグランドクエストの手がかりが、よりによってバニーガール。

確かに、泣きたいのはナギのほうだった。

「ほれ、リッテ～。あんたの能力……見せてやり～」

「い、いきなりなんなんですかあ、ソフィア様。私、もう泣きながら寝《ね》ようとしてたところだったんですけどお」

「いいから、いいから～。この子たちは信用していい～。むしろ、まずあんたの能力を見せないと話が進まないんだ～」

「ソ、ソフィア様が言うなら……〝検索《インデックス》〟！」

「………………っ！」

突然《とつぜん》、リッテの前の空間に一冊の本が出現する。

即座《そくざ》にナギと、紅い戦団の仲間たちが身構え、ピーンと空気が張《は》り詰《つ》める。

リッテの前に現れた本は——尋常《じんじょう》ではない魔力を秘めていたからだ。

「だ、大丈夫《だいじょうぶ》ですよう！　この本には攻撃力はありませんからあ！」

「……ホントか？」

ナギはリーダーとして、フィオを——ではなく、みんなを守るために前に出ている。

「えーと、ナギ・スレインリード。年齢《ねんれい》十八歳。出身はキリフィーの街。父親の名はネガル、母はアーリ。実家は武器屋。八歳のときまで幼なじみのアルティ・カリストと一緒《いっしょ》にお風呂《ふろ》に入ってた」

「なっ⁉」

「あら？」

驚愕《きょうがく》するナギと、不思議そうに首を傾げるルティ。

「一緒に……お、おふふふふふふふふふ、お風呂っ……⁉」

そして、その二人よりも激しく反応しているフィオ。

杖を握《にぎ》り締《し》めている手がぶるぶると震《ふる》えているのが怖《こわ》い。

「そ、それは……そうじゃなくて！　ルティの家に風呂がなくて、仕方なくというか！」

「むー、私の家が貧乏《びんぼう》みたいじゃないですか、ナギ。うちのお風呂が壊《こわ》れたから借りにいってた時期があったたってだけですよ」

ぷんぷんとルティが怒《おこ》りながら言う。

昔に戻《もど》っているのか、呼び方が〝ナギ〟になっている。

「……って、ちょっと待て！　そこのバニー！　いきなりなにを言い出してるんだ!?」

「ご、ごめんなさい。で、でもソフィア様が力を見せろっておっしゃるからあ……ごめんなさい、秘密を暴いてごめんなさい」

「………………」

別に秘密というほどのことではない。

しかし、ナギの両親の名前やルティとの風呂のことなどは、パーティのみんなにも話した覚えはない。話すわけもない。

それを——なぜ、今日会ったばかりのバニーガールが知っているのか。

「こ、これが私が女神契約で与《あた》えられた力なんですよう。〝検索〟——この本には、私自身も知らない情報が自動的に表示されるんですう」

「なんだ、その能力……！」

ナギが女神との契約で与えられた能力は、〝剣聖の秘奥《マスターソード》〟。

戦士系のスキルの習得速度が大きく向上し、他の職業に転職してもそのスキルを持ち越《こ》すことができる。

この能力のおかげで、ナギはグランドマスターという高みへと到達《とうたつ》できたのだ。

女神契約者の能力というのは、例外なく強力らしいが――

「つまり、その本を使えば――？」

「はい、たぶんグランドクエストのことも……ですが、調べるにはこちらからも条件があります！」

「条件……？」

バニーガールが、最強パーティの紅い戦団にいったいなんの条件を突《つ》きつけてくるのか。

だが、あの本でどの程度の情報を得ることができるのか、それ次第では断れない。

受け入れられないような条件なら、こっちが力にものを言わせてでもグランドクエストについて調べさせる手もある。

「ふふふふ……」

「なっ、なんですかあ、その不敵な笑みは!? というか、パーティのみなさんが同じ顔してて怖いですけどお！」

またもや涙目になるバニーガール。

どうやら、ナギだけでなくフィオたちも同じようなことを考えているようだ。

条件を突きつけられての取引は、冒険者《ぼうけんしゃ》には日常茶飯事《さはんじ》。

しかし、取引でビビるような可愛らしい人間は、紅い戦団には一人もいない。

自分の仲間のことながら、恐《おそ》ろしくも頼《たの》もしいパーティだった。

「まあ、いいや。とりあえず話を聞こうか」

「……その前に、その怖い笑顔をやめてもらえませんかねえ？」

おっと、まだ表情がそのままだったか。

ナギは胡散臭《うさんくさ》いほどの笑みを浮かべ、リッテにソファに座るように勧《すす》める。

どうやら今夜の話は長くなりそうだ――

リッテ・ワイズ

年齢：21歳
身長：162cm
スリーサイズ：B87/W57/H89
趣味：節約生活
好きなもの：読書、執筆活動
嫌いなもの：焚書、ウサギ

Lv.55			賢者
攻撃	199	防御	333
体力	99	魔力	504
器用	88	敏捷	310
知識	777	幸運	10

ソフィア・ウィッツ

年齢：14歳（?）
身長：140cm
スリーサイズ：B70/W51/H73
趣味：豪遊
好きなもの：ワイン、ツマミ
嫌いなもの：酒以外の飲み物

Lv.91			女神？
攻撃	5	防御	888
体力	966	魔力	999
器用	312	敏捷	899
知識	999	幸運	999

3　勢い任せのグランドクエスト

船は、太陽の光を受けてきらめく海原《うなばら》を滑《すべ》るように進んでいく。

木造の巨大《きょだい》船で、外洋を航海するために建造された数少ない船だ。

モンスターが多いこの世界では、沿岸を航海するのがせいぜいで、陸地を遠く離《はな》れることは少ない。

大陸内部の内海ならともかく、外海と呼ばれる大海原を旅するのは冒険《ぼうけん》者くらいだ。

「ああ、海はいいね……。前は海の魔物《まもの》がわらわらと寄ってきたから、めったに船に乗れなかったけど。モンスターが寄ってこない海ってこんなに気持ちいいものだったんだね」

「まあなあ」

ナギは、船首近くで熱心に海を眺《なが》めているフィオを眺めている。

海の景色などより、海風を浴びているフィオのほうがよっぽど絵になる。

あと、スカートがひらひらめくれているのも非常に嬉《うれ》しい。

このまま、死ぬまで船に乗り続けたいくらいだ。

「はぁ、これで目的がグランドクエスト攻略《こうりゃく》でなければ最高なのですけれど」

ため息まじりに言ったのはレイアだ。

水着姿で、甲板《かんぱん》に置いたデッキチェアに優雅《ゆうが》に寝転《ねころ》んでいる。

「結局、休養も観光も放り出してグランドクエストに挑《いど》むことになるなんて。騙《だま》された気分ですわ」

「まあまあ、いいじゃないですか。どうせ、いくら抵抗《ていこう》してもそのうち行くことになってたのは確実ですから」

そのレイアをなだめたのはルティだ。

なぜか、レイアの横に使用人のように控《ひか》えている。

「僕らのことだ、どうせ普通《ふつう》に観光で終わらないとは思ってた。だがまさか、観光で訪れた街でグランドクエストの情報を摑《つか》むとは――ナギ殿《どの》の執念《しゅうねん》も恐ろしいな」

ミフユは、甲板に直《じか》に座り込んでいる。

呆《あき》れてはいるようだが、もうグランドクエスト挑戦《ちょうせん》に反対はしていないらしい。

もともと、戦うのが生き甲斐《がい》のような少年だから、それも当然ではある。

「大丈夫《だいじょうぶ》、一度はクリアできたんだ。今度も必ず、みんなで生きて帰れる！」

とはいえ、パーティのテンションは高くない。

無理矢理にでもみんなにやる気を出させるのがリーダーの仕事だ。

そう——紅い戦団《レッド・バトリオン》は二度目のグランドクエスト攻略に乗り出している。

この船の行き先は、アティシャの港から南方へ三日ほど進んだ先にある海域だ。

アティシャの漁師たちに聞き込みしたところ、いくつか無人島があるくらいで、特になにもない海域らしい。

とはいえ、漁師たちも実際にそのあたりまで行ったことはあまりないようだ。

この世界では、陸地以上に海には未踏領域《ブラック・リージョン》が多い。

「はっはっは、そうでなくっちゃ。あたしが加わったからには、ヤバいクエストにも参加してもらわないと！　死にかけるくらいのクエストじゃないとあたしの出番ないし！」

「エイリスに出番を与えるためだけに死にかけろと⁉」

パーティで一番やる気があるのは、このエイリスだ。

もっとも、そうでなければナギに女神など紹介《しょうかい》しなかっただろうが。

エイリスは、クエストが厳《きび》しいほど嬉しそうだ。

こんなに血気盛んな神官が存在していいのだろうか？

「まあ、全員同意してるんだから問題ないって。あとはクリアするだけだ」

エイリスは軽く笑って言った。

次のグランドクエストの場所がわかって、偶然《ぐうぜん》にもアティシャの近くだった。

これはチャンスだと、ナギがみんなを説得したのだ。

幸い、一度目の挑戦のときほど揉《も》めることはなかった。

少しとはいえ、南国でのバカンスで気分転換《てんかん》できたのも大きかったのかも。

二つ目のグランドクエストがクリアできたら、バカンスの続きをすることも全員一致《いっち》で決まっている。

そうか、エサをぶら下げておくのも説得には効果的だな、とナギは学習した！

「おーい、ルートはこれで間違《まちが》いないのか？」

「は、はい！　大丈夫ですよう！　たぶん！」

甲板の中央にある操舵輪《そうだ》を操《あやつ》っているのは、女神契約者《ヴィーナス・サーバー》の賢者《けんじゃ》、リッテだ。

冒険者パーティは、危険な海域に向かうことも珍《めずら》しくない。

そういった海域に棲《す》む凶暴《きょうぼう》なモンスターの退治が冒険者の仕事だからだ。

危険な海域への航海には漁師も付き合ってくれない。そういう冒険者パーティのためにつくられたのが——〝魔導船《まどうせん》〟だ。

舵《かじ》だけでなく、船の帆《セール》も操舵輪のみで操船することが可能だ。

ただし操船には魔力《まりょく》が必要で、高レベルの魔法使《まほうつか》いや神官などでなければ操れない。

魔法で撃ち出す砲弾や防御結界、その他にもいくつか海での冒険に備えた機能がある。

海のど真ん中で船を失ったりすれば、全滅《ぜんめつ》にも繋《つな》がりかねない。

その危険を避《さ》けるための機能を搭載《とうさい》した船、それが魔導船なのだ。

手練《てだ》れのパーティでなければ、それらの機能も使いこなせないが、紅い戦団ならなんの問題もない。ないのだが――

「……本当にあのバニーに船を任せて大丈夫《だいじょうぶ》なんだろうか」

今さらながら、ナギは不安になってくる。

第二のグランドクエストが存在する海域へのルートは、リッテが例の本で検索しつつ確定させているらしい。

ルートは少しずつ表示されているとかで、まだ具体的にどのあたりが目的地なのかもわからないそうだ。

リッテが舵を取るのがもっとも合理的なので任せているが、どうもあのバニーガール姿が不安を煽《あお》る。

男の子は別のものも煽られそうだが、ナギは気にしないように努《つと》めている。

「あのな、俺も一応操船はできるから、おまえはルートを確認するだけでもいいんだぞ」

ナギはリッテのそばに行って、声をかける。

「いっ、いいえ！　グランドクエストに同行させていただくんですから、このくらいは私が！」

「まあ、リッテがそれでいいなら任せるけど」

そう、グランドクエストの情報の代価としてリッテから要求されたのは、この賢者をクエストに同行させることだった。

「あらためて言っておくけど、グランドクエストは危険だぞ。前は、俺たちも危《あや》うく全滅しかけたし」

「リッテちゃんも冒険者なんだよね。ランクは？」

フィオがとことことやってきて、ナギとリッテの間に割り込む位置に入り込んでくる。

「あっ、〝白銀級《ランク・シルバー》〟ですぅ。ほとんど単独《ソロ》で戦ってきたので……なかなかランクが上がらなくて」

「……わたしも三年、単独で冒険したけど、初級クエストもクリアできなかった」

「へ？　あっ、ああっ、私は最初から賢者でしたからあ！　攻撃《こうげき》も回復も一応できたから、戦いやすかったっていうか！　魔法使いだと一人じゃキツいですよね！」

「……うん」

思いのほかに深刻な話になったせいか、リッテが慌《あわ》てふためいている。

格好はともかく、リッテは真面目《まじめ》で善良な性格らしい。

フィオが初級もクリアできなかったのは、モンスターを引き寄せる体質のせいなのだが。

「ですが、単独だとこなせるクエストにも限界があるので、お金がなくて……女神《めがみ》様のオススメでこんな服を着て変な仕事にも手を染めかけましたが、まだ健全に生きてますぅ」

「……頑張《がんば》ってね」

フィオが人を慰《なぐさ》めているのは珍しい。

それくらい、リッテはどうにも哀《あわ》れを誘《さそ》う存在だった。

夜の街でナギに声をかけてきた理由もようやくわかった。

「……でも、リッテちゃん。ここでバニー服を着てる必要はないんじゃないの……？」

「あ、この格好、女神様に可愛いって褒《ほ》められて。へへへ……」

変な仕事を勧《すす》めたことも含《ふく》めて、ソフィアはからかっただけだろうが、この賢者は言われたことを真《ま》に受ける性格のようだ。

「と、とにかく私はグランドクエストを体験させてもらえればそれでいいので！　足手まといにならないように頑張りますぅ！」

「………………」

どうも間延びした口調のせいか、あまり頼《たよ》りになりそうにないが……。

実際、リッテがいなければ、ナギたちだけでグランドクエストの海域にたどり着くのは難しそうなので選択肢《せんたくし》はない。

「グランドクエストは幻《まぼろし》のクエスト、賢者には知識が大事ですからぁ、体験できる機会があるなら逃《のが》すわけにはいきませんよう！」

「まあ、自分の身くらいは守れそうだしな」

リーダーのナギとしては、パーティに不安要素を入れたくはない。

だが、仮にも女神契約者で、白銀級の賢者なら最低限の戦闘《せんとう》能力はあるのだろう。

「それに、これが女神様との契約なんですう。定期的に、新しい知識に関するレポートを提出しないと、〝検索《インデックス》〟を取り上げられちゃうので。ただ、新しい知識といっても、そうそう見つかるものではないのでぇ……でも、グランドクエストを調査すれば！」

「レポート提出が女神契約の条件なのか。女神ってやつは無茶を言うよなあ」

リッテが身の丈《たけ》に合わないグランドクエストに挑みたがる理由も、それなら理解できる。

女神との契約を破るとどんな恐《おそ》ろしいことが起きるか。

ナギは、それを身をもってよく知っている……。

「レポートを提出するためにも生きて帰らないといけないのでぇ！　死なないように頑張りますよう！」

「そ、そうか。うん……身を守ることに集中してくれたら、あとは俺たちがやるから」

とりあえず、リッテは契約先の女神よりはマシな性格らしいのは助かる。

ただでさえ、ナギは世話の焼ける仲間たちの面倒《めんどう》を見なければならないのだから。

海は凪《な》いでいて、船旅は順調だ。

これなら予定どおりにグランドクエストの海域に着けるだろう。

――ナギは海を眺《なが》めながら、やるべきことをあらためて確認する。

二つ目のグランドクエストをクリアして、フィオの呪《のろ》いを解く。

女神との再契約の条件である〝恋愛禁止《れんあい》〟のせいでフィオに告白はできないが――呪いを解けば、フィオの好感度を上げるくらいはできるはず。

冒険《ぼうけん》に出る前に武器やアイテムを揃《そろ》えなければならないように、告白にも準備が必要だ。

つまり、好きになってもらうために、好感度を上げる努力だ。

グランドクエスト攻略は好感度を上げるには絶好の機会だろう。

はっきり言って、下心アリでのグランドクエスト挑戦だ！

とはいえ、フィオの呪いを解くことはパーティのためにもなるのだから、問題はない。

うんうん、紅い戦団のリーダーとしても間違ってはいない。

あとは、ずばっとグランドクエストのボスを倒《たお》すだけだ。

都合のいい展開を夢見て油断しているナギは――青髪の魔法使いがどんよりした目を向

けてきていることに気づかない。

「まずい……」

フィオは、ナギたちから離《はな》れつつつぶやいた。

せっかく幼女の脅威《きょうい》が去ったというのに、今度はバニーガール。

常識的に考えれば、むしろバニーのほうが危険……！

こいつはまずい、あのバニーの色香《いろか》にナギ君がよろめいたりしたらヤバいぜ……！

「っと、いけないいけない」

フィオは杖《つえ》にもたれかかるようにしながら、気を取り直す。

エイリスの影響《えいきょう》か、つい変な語尾《ごび》がついていた。

フィオは意外と影響されやすい。

レイアが仲間に加わったばかりの頃《ころ》は「ナントカですわ」とか無意識に言っていたし、

ルティが加わったときはちょっぴり腹黒くなっていたし、ミフユ加入のときにはたまに一《いち》人称《にんしょう》が「僕」になっていた。

新たな仲間がナギにちょっかいをかけるのでは、と意識しすぎた結果だろう。

「や、やっぱりわたしも服装とか頑張るべきかな……」

以前もいろいろと服装を試してはみたが、エイリスにもかなわなかった。

あのバニー衣装に勝てる服など着られる気がしない……！

「いえ、待って。わたしもバニーになるという手も……？」

フィオは、長いウサギ耳をつけ、胸の谷間も太ももも丸出しな衣装を着ている自分の姿を想像する。

「……なんだろう、アリな気がしてしまうのが逆になんか嫌《いや》」

フィオは、どんよりした目であらぬ方向を見つめる。

どうも、その手の服はおっぱいがあるほうが似合うようだ。

リッテも、フィオほどではないが胸のふくらみはそこそこあるほうだ。

しかし、しかし、しかし、しかし、しかし、しかしっ！

「やっぱり、無理……！」

あんな胸を半分しか隠《かく》せてないような服で、ナギ君の前に立てない！

わたし、理性も知能もあるから……！

服装でリッテと張り合うのは、いろんな意味で無理だった。

——せめてもの救いは、リッテが今回限りの参加ということか。

リッテは悪い子ではないが、ナギを惑《まど》わせるようなことをされては困る……！

しかも今回のグランドクエストでは、フィオはあまり役に立てそうにない。

リッテにグランドクエストへの道案内という大役を果たされるのはもっと困る……！

「フィオるーん、大丈夫、大丈夫。りったんは知識を得ることにしか興味ないから！　ナギナギがよろめいても、めっちゃ相手にされないって！」

「そ、そうなの？　それなら……って、なんの話！」

フィオは思わずエイリスに笑顔を向けそうになって、慌てて表情を引き締《し》める。

ナギに片思いしていることは、まだ誰《だれ》にも内緒《ないしょ》。誰にも知られてはいけない。

呪《のろ》われた女の子に好かれても、ナギだって困ってしまうはず。

フィオは普通《ふつう》の冒険者になって、好きな人と一緒《いっしょ》に世界中を旅するのが夢だった。

その夢を叶《かな》えるには、グランドクエストをすべてクリアして呪いを解かなければ。

「わ、わたしはグランドクエストをクリアすることしか考えてないよ。今回は魔法《まほう》使えないから、みんなをサポートすることに集中する！」

「まー、いざとなったら魔法ぶちかましちゃってもいいぜ！　みんなが死にかけてもこのあたしが治すから！」

「その手があったか……息さえあればいいんだものね……」

恐ろしい話をしている魔法使いと神官だった。

「そうそう、生きてりゃなんとかなる！　ほら、あのでっかい幽霊船《ゆうれいせん》とかも！」

「そうそう、あの幽霊船も——って、幽霊船だよ⁉　ナギ君っ！」

フィオは笑いながら頷《うなず》きそうになって、ようやく異常に気づいた。

いつの間にか紅い戦団が乗った魔導船の周囲は乳白色の霧《きり》で満たされていて、ほとんどなにも見えなくなっていた。

その霧の中に——ぽっかりと巨大《きょだい》な船の姿が浮《う》かび上がっている。

魔導船は外洋を航海する大型船だが、それよりはるかに——三倍か四倍程度の大きさがある。

まるで、海上に城が出現したかのようだ。

フィオとエイリス以外はみんな、とっくにその巨大船に気づいていたらしく、既《すで》に黙《だま》って警戒《けいかい》態勢に入っている。

「もしかして……あの船が次のグランドクエストなの？」

「そ、そうみたいですぅ……クエスト名が、〝検索《インデックス》〟に表示されました……」

「……ちなみに、クエスト名って？」

フィオの質問に、リッテがごくりと唾《つば》を呑《の》み込んで——

「〝死せる海を征く船《デッドリィシップ》〟」

「……なかなか、生きて帰れそうにない名前だね」

フィオは、ぎゅうっと杖を握《にぎ》り締めた。

「こ、これがグランドクエスト……！」

リッテが、口をぽかんと開けて固まってしまう。

ナギが、目に見える位置に瞬間《しゅんかん》移動できる〝短距離転位《ワイドステップ》〟の魔法を使い、全員を幽霊船の甲板《かんぱん》に移動させて。

紅い戦団とおまけの一人がグランドクエストの舞台《ぶたい》へと降り立った。

魔導船は〝自動航行〟に設定した上で、ナギが持ってきたロープで幽霊船と繋《つな》いだために、流される恐れはない。

海上のクエストで一番怖《こわ》いのは帰りの足をなくすことだ。

帰還《きかん》魔法で街に戻《もど》ることもできるが、借り物の魔導船を捨てるのは最後の手段だ。

大金持ちの紅い戦団でも、魔導船を弁償《べんしょう》するとなると、なかなかに厳《きび》しい。

それに、なにかの理由で帰還魔法が使えない可能性もあり得る。

熟練したパーティほど、二重三重に保険をかけておくものなのだ。

「ふーん、幽霊船か。久しぶりだなあ」

ナギは、きょろきょろと甲板を見回す。

幽霊船とは、冒険者の用語では〝無人で海を漂《ただよ》っている船〟のことを指す。

たいていの場合、沈没《ちんぼつ》することもなく彷徨《さまよ》っているのは、海のモンスターに襲《おそ》われて船員や乗客が全滅《ぜんめつ》してしまったためだ。

モンスターの巣になっていることも多く、紅い戦団は何度か幽霊船でモンスターを掃除《そうじ》したことがある。

「んじゃ、行くかー。今回は俺とレイアが先頭、フィオとルティが真ん中、エイリスとミフユが一番後ろな。フィオの魔法が使えないから、エイリスにも戦闘に参加してもらう。あ、リッテもフィオたちと一緒に真ん中にいてくれ」

「は、はぁい……って、そうじゃなくて！　なんでみなさん驚《おどろ》いてないんですかあ⁉　この船、とんでもなく大きいですよう！　こんな巨大船、エンフィス帝国《ていこく》の海軍だって持ってませんよう！」

「あー、それは……」

ナギは、ぽりぽりと頭をかく。

確かに、この幽霊船は浮いているのが不思議なくらいのとんでもない大きさだが……。

「一つ目のグランドクエスト――〝生きた古城《オートキャッスル》〟も、なにもかもが巨大でしたもの。これくらいは予想の範囲《はんい》内ですわ。驚いて体力を消耗《しょうもう》するのがもったいないですわね」

「まあ、二度目ともなればこんなものですよ。冒険者なんて、順応性が高くないとやってられませんからねー。私もご主人様のご命令に従う立場には、すぐに慣れました」

と、レイアとルティは淡々《たんたん》としている。

「不気味だし、ヤバい気配がビリビリしてくるけど、その気になれば薙《な》ぎ払《はら》えることがわかってれば怖くないよね」

「フィオ殿《どの》は、〝生きた古城〟のときも別に怖がってなかっただろう。いや、もちろん僕も少しも恐《おそ》れていなかったが！」

「フィオるんはともかく、ミフィはビビってたぞー。いいと思うぞ、普段《ふだん》キリっとしてるミフィががくがくぶるぶる震《ふる》えてたらそのギャップが可愛くて！」

「可愛い!? エイリス殿、男に向かって可愛いなんて――」

「はいはい、揉《も》めない揉めない。一応、俺たちは未知のクエストに挑《いど》んでるんだぞ」

もちろん、全員が油断などしてないことはナギも承知している。

さっきまで水着姿だったレイアもきちんと普段の服装に着替《きが》えているし、みんななにかあればすぐに対処できる構えだ。

「い、一応って……間違《まちが》いなく、この挑戦《ちょうせん》は冒険者《ぼうけん》の歴史に残る偉業《いぎょう》ですよう！」

「生きて帰れればなー。あっはっはー」

「たとえみなさんが儚《はかな》く散っても、私が紅い戦団の戦いを末代まで語《かた》り継《つ》ぎますよう！」

「…………」

エイリス以外の全員が、一斉《いっせい》に嫌そうな顔をする。

この賢者《けんじゃ》、まともかと思いきや、そうでもないかもしれない。

「えーい、これからクエストってときに縁起《えんぎ》でもない話をしない！　俺たちは、二つ目のグランドクエストもクリアして、伝説のパーティになる！」

「……一つ目のときと同じ言い方でわたくしたちを丸め込むおつもりですわ」

「ご主人様って変なところで嘘《うそ》つきですけど、嘘が下手《へた》なんですよねえ」

「ナギ殿は嘘をつくには不向きな性格だな。まあ、そのあたりがサムライとしては好ましい……ごほっ、ごほっ」

「その嘘に乗っかってやるみんなも、なかなかいい性格してると思うけどなー。そういうみんなが、あたしは大好きだ！」

なにやら仲間たちがヒソヒソ話しているが、ナギは気にしない。

悪口を言われるのもリーダーの役割。甘んじて受け止めなければ。

「うん、ナギ君……今回、わたしは役に立てないかもしれないけど、補助系の魔法なら跳《は》ね返ってきても問題ないし。そっちで頑張《がんば》るよ」

「ああ、それで頼《たの》む」

魔法使いは味方の〝攻撃力上昇《こうげきりょくじょうしょう》〟や〝結界〟といった補助や防御《ぼうぎょ》系の魔法も使える。

それらなら跳ね返ってきても問題はない。

補助系は神官のほうが得意だが、フィオが補助などに集中できれば戦略にも活《い》かせる。

「よっし、それじゃあ再び伝説になるとするか！」

ナギは長剣《ちょうけん》を抜《ぬ》き、甲板の中央部に向けて構える。

中央部には船室内への入り口があり、そこから——わらわらとモンスターが湧《わ》き出すようにして現れてくる。

「ふうん、〝生きた古城〟みたいに大型モンスターばかりってわけじゃないんだな」

モンスターの先頭に立っているのは、緑色の半魚人のような姿——いわゆるマーマンによく似ている。

〝生きた古城〟に大量に出現したリビングアーマーもよくいるモンスターではあったが、強さが桁違《けたちが》いだった。

その辺にいるモンスターと似たような姿でも、グランドクエストに出現する個体はまったく別物と考えておいたほうがいい。

他にも海棲《かいせい》型のモンスターが、数体。

カニや貝に似た、だが明らかに危険な雰囲気《ふんいき》をまとったモンスターたちだ。

普段なら、大量出現したモンスターなど、フィオの魔法の格好の餌食《えじき》なのだが——

「おおおおおおおおおおおおおおおおおっ！」

ナギは、戦士のスキル〝戦いの叫び《ウォークライ》〟を上げ、モンスターたちを一斉に硬直《こうちょく》させる。

「行っくぞおおおおっ！」

さらに、サムライのスキル〝薙ぎ払い《スラッシャー》〟で硬直したモンスターたちをまとめて斬《き》り裂《さ》く。

海棲モンスターたちは硬《かた》い鱗《うろこ》や殻《から》に覆《おお》われていることが多い。

剣で斬るのは困難だが、グランドマスターとして多くの攻撃スキルを持つナギなら、充《じゅう》分《ぶん》にダメージを与《あた》えられる。

剣から放たれた衝撃波《しょうげきは》で、モンスターたちが次々と倒《たお》れていく。

「さすがはグランドクエストのモンスター、めっちゃ硬いけど……俺たちなら勝てる！

このまま船内に突入《とつにゅう》するぞ！　目指すはボスの首ただ一つ！」

今回、フィオの魔法《まほう》が使えないのは痛いが、良い面もある。

魔法使いに次ぐ火力を持っているのはグランドマスターなのだから、大勢の敵を薙ぎ倒すのはナギの役割だ。

つまり、フィオに派手でかっこいい自分を見せられるということ！

グランドクエストのクリアほどでなくても、フィオの好感度を少しは上げられるはず。

そうすれば、剣の女神との再契約《けいやく》を解除できたときにすぐに告白できる！

ちなみにナギは、自分のヘタレ具合もフィオに断られることも、一切計算に入れていない。

「みんな、俺についてこーいっ！」

ナギは長剣を高く掲《かか》げ、船内へと向かって駆《か》け出した。

「は、はう、はううう……ナギ君、ヤバい……」

フィオは周りに聞こえないように、精一杯《せいいっぱい》抑《おさ》えた声でつぶやいた。

グランドクエストのモンスターを軽く一掃《いっそう》しちゃうなんて……いえ、ミフユ君にも同じことはできるだろうけど、そんなことは関係ない。

ナギ君がかっこいい。

そこが、フィオにとってはとても重要なことだった。

「ある意味、魔法使えなくてよかったのかも……」

戦闘中《せんとう》、フィオはどうしても魔法を使うタイミングを計っていなければならない。

つまり、敵に目を向けていなければならないが、今は味方に補助魔法をかけるタイミングを見ていればいい。

今なら、ナギ君を見放題！

いや、他の仲間も見ていなければならないのだが、フィオは完全に忘れている。

「あ、わたしも行かなきゃ」

仲間たちは既《すで》にナギを追って走り出している。

グランドクエストがこんなに楽しいなら、あと六つクリアするのも難しくないかも。

などと他の仲間たちが聞いたら目を剝《む》くようなことを考えつつ、フィオも走り出す。


階段を下りると、長い廊下《ろうか》といくつもの扉《とびら》があった。

グランドクエストの舞台にしては、あまりに平凡《へいぼん》すぎる。

ナギは少しばかり拍子《ひょうし》抜けしてしまう。

「なんだ、大量のモンスターの待ち伏《ぶ》せとかないのか……」

「恐ろしいことを言わないでくださいます？　さっきのモンスターたちも大きさこそ普通《ふつう》でしたが、わたくしの攻撃スキルでは手こずるレベルでしたわよ」

がっかりするナギに、レイアがじっとりした目を向けてくる。

「盗賊《とうぞく》の攻撃スキルで〝手こずる〟レベルっていうのが凄《すご》いですよう。私の攻撃魔法じゃ、足止めが精一杯ですう……」

賢者様が、しょんぼりと肩《かた》を落としている。

確かに、白銀級の冒険者ではグランドクエストのモンスターを倒すのは難しいだろう。

もっとも、リッテはさっきからメモ帳になにやら書き込みまくっているのだが。

レポートとやらのために記録しているようだ。

「メモもいいけど、周りには注意して――っと、レイア下がれ！」

ナギは隣《となり》に並んで罠《わな》の確認をしていたレイアの前に出て、戦士のスキル〝硬化《プロテクション》〟を発動させる。

突如《とつじょ》として、ナギたちのそばにあった扉がいくつも開き、そこから飛び出してきたモンスターたちが体当たりをくらわしてきたのだ。

現れたのは、カニのような甲殻《こうかく》をまとったヒト型のモンスターたちだった。

リビングアーマーの海棲版といったところか。

とっさにナギが食い止めていなかったら、中央のフィオたちにまで被害《ひがい》が及《およ》んでいたかもしれない。危ないところだった。

「うおおおおおおっ！　グランドマスターの生き様《ざま》を見ろっ！」

ナギは、さらに戦士のスキル〝練気爆身《ブーステッド》〟で身体能力を増幅《ぞうふく》させ、モンスターたちを弾《はじ》き飛ばす。

なにしろ、フィオにかっこいいところを見せようとしているので、いつも以上に気合いが入っている！

「よくやった、ナギ殿！　シントウ飛剣流《ひけんりゅう》——四の太刀《たち》、烈風断《れっぷうだん》！」

ナギの前に飛び込んできたミフユが振《ふ》るった斬撃が風となって、弾き飛ばされたモンスターたちを空中で斬り裂いていく。

「ああっ!?」

「なんで残念そうなんだ、ナギ殿!?」

トドメも自分で刺《さ》したかったのに、とはさすがに言えない。

「お二人はさすがの連携ですね——……って、ご主人様。鎧《よろい》にヒビが入ってますよ」

「え？　ああ、本当だ。体当たりのせいか。まあ、これくらいなら大丈夫《だいじょうぶ》だろ」

ルティに指摘《してき》され、ナギは愛用の鎧の傷に気づいた。

さっきのモンスターたちもグランドクエストに出現するだけあって、かなり強力らしい。

ただ、この程度の損傷は、これまでにも何度かあった。

むしろ、ナギの鎧に損傷を与えられるくらいの敵の出現はありがたいくらいだ。

敵が強いほど、フィオにいいところを見せるチャンスでもあるから！

今日のナギは、無駄《むだ》なくらいに前向きだった。


フロアをいくつか突破《とっぱ》し——

階段を下りたところで、ナギはふと足を止めた。

「うおっ、なんだこりゃ？」

そこは——海だった。

「なんで船の中に海があるんだ……まあ、グランドクエストらしくなってきたか？」

幽霊船《ゆうれいせん》のフロアは、空間が歪《ゆが》んでいるのか異様に広い。

このフロアは特に広く、見渡《みわた》す限り海が広がっていて、ご丁寧《ていねい》に波まで起きている。

「あちこちに陸地もありますわよ。ああいうところに、宝箱とかあるんですのよね」

もっとも視力に優《すぐ》れているレイアが、フロアを観察しつつ言った。

階段を下りたところが陸地になっていて、他にも同様の場所がある。

ごつごつした岩場、という感じで、広さはまちまちだ。

海になっているのは珍《めずら》しいが、水路だらけのダンジョンはたまに見かける。

「この手のフロアだと、船があったりするんだけど、見当たらないな。どうやって進んだもんか。水中になにがいるかわからないから、泳ぐのは論外だしなあ」

いくつか方法はあるが、もっとも安全な進み方は——と、ナギが首をひねっていると。

「あのー、たぶん普通に進めると思いますよう」

「ん？　どういうことだ、リッテ？」

「ダンジョンというのは不思議なことに、〝詰《つ》んでしまう〟ということがないんですよう。だから、絶対に進める方法があるものですう」

「そりゃ知ってるけど……でも、どうやって？」

「たぶん、こうですよう」

リッテは、とことこと前に進み、海面に足を踏《ふ》み出した。

「ほら、大丈夫ですよう」

「あー、隠《かく》し通路か。よく気づいたな、リッテ」

リッテは、海面上をゆっくりと歩いている。

ダンジョンでは、なにもないように見えて空中に通路があったりすることもある。

この海のフロアは、海上に透明《とうめい》な通路が張《は》り巡《めぐ》らされているようだ。

「あ、いえ。気づいたというか……ほら、あそこに書いてありますからぁ」

「書いてる？　んん……？　あれって模様じゃないのか」

ナギたちが下りてきた階段に、模様のようなものが刻まれている。

普通なら気づきもせずに通り過ぎるか、気づいても文字だとは思わないだろう。

「暗号ですねえ。模様の一部が文字になっていて、規則性に従って並べ直すと文章になってるんですよう。〝真実を見抜《みぬ》く眼《まなこ》をもちて、勇者の一歩を踏み出すべし〟って」

「ふーん、さすが賢者《けんじゃ》だな。助かったよ、リッテ」

「えっ、あっ、はいっ。えへへへ」

賢者は、攻撃《こうげき》と防御《ぼうぎょ》の魔法を使える職業であると同時に、暗号解読や文章の翻訳《ほんやく》なども可能とするスキルを持っているのだ。

「…………………」

なぜか、フィオがじっとりした目をリッテに向けている。

まあ、呪《のろ》っているわけではないようなので、大丈夫だろう。

「よし、この通路を進もう。でも、油断はするなよ、みんな」

もちろん、リッテには一度戻《もど》ってもらい、ナギが先頭に立って歩き出す。

透明な通路は広くはないが、歩くのに支障はなさそうだ。

「お、あそこに広めの陸地があるな。ダンジョンで陸地っていうのも変な感じだけど」

ナギは、慎重《しんちょう》に足元を確かめながら進んでいく。

「ん——⁉　お待ちになってください、ナギさん！」

「どうした……って、これは⁉」

ナギの耳に、かすかに歌声のようなものが聞こえてきた。

盗賊のレイアは目だけでなく、耳もいい。誰《だれ》よりも先に異変を察知したようだ。

陸地に、複数の人影《ひとかげ》が見える。

歌っているのは、彼女たちだろう。

「人魚《セイレーン》か！」

上半身は美女、下半身は魚——まさしく人魚以外のなにものでもない。

「まずいぞ、〝合唱《ローレライ》〟だ！　さっさと倒《たお》さないと！」

人魚たちは攻撃力は高くないし、特に凶暴《きょうぼう》でもないモンスターだ。

しかし、歌声で人間たちを幻惑《げんわく》し、惑《まど》わされた者はそのまま海へと身を投げてしまう。

手練《てだ》れのパーティでも、歌声に気づいたときにはもう心を奪《うば》われていて、そのまま全滅《ぜんめつ》――なんてことも珍しくない。

「ナギ君は戦っちゃダメ！　ていうか、見ちゃダメ！」

「うおっ⁉」

いきなり、フィオが後ろから飛びついてきたかと思うと、ナギの目を手で塞《ふさ》いできた。

ああっ、フィオのおっぱいが！　おっぱいが俺の背中に！

突然《とつぜん》視界を塞がれた驚《おどろ》きよりも、フィオの豊かな胸の感触《かんしょく》に気を取られてしまう。

しょうがない、男の子だもの！　思春期だもの！

「なにをしてますの、フィオさん！　相手は人魚ですわよ、遊んでる場合じゃ――――！」

「でも、あの人魚たち、裸《はだか》！　おっぱい丸出しだよ！」

「はっ……⁉　そ、それはいけませんわね！」

「ええ、モンスターといえど、人間のおっぱいと変わりありません。ご主人様にはお見せできませんね」

「ぼ、僕くらい精神も鍛《きた》えてあれば問題ないが、ナギ殿《どの》に見せるのはよくないな！」

なぜか、仲間たちが一斉《いっせい》にフィオに同意している。

「おーい！　いくら人魚が上半身は女っていっても、俺もモンスターに興奮するほど特殊《とくしゅ》な趣味《しゅみ》は持ち合わせてないぞ！」

その間にも合唱が響《ひび》いていて、ナギはだんだん頭がくらくらしてきた。

フィオたちも意識を奪われつつあるのか、小さなうめき声が聞こえてくる。

いやいや、ヤバすぎるだろ！　人魚のおっぱいを見せたくないから、なんて理由でリーダーが視界を塞がれて、その間に全滅したら――

「おっりゃあああああっ！」

かと思ったら、エイリスの雄叫《おたけ》びが聞こえた。

その声に驚いたのか、ナギの目を塞いでいたフィオの手がズレて、わずかに周りが見えるようになった。

エイリスは獣《けもの》のような跳躍《ちょうやく》を見せ、岩場に取りついて人魚の頭を杖《つえ》でぶん殴《なぐ》り、続いてまた別の人魚を殴りつけ――

「あははははーっ、やっと出番が来たぜ！　神官は、たとえ上半身が人間の女だろうと、どつき倒すっ！」

エイリスは嬉《うれ》しそうに笑いながら、あっという間にすべての人魚を殴り倒してしまう。

高レベルの神官は、状態異常《バッド・ステータス》への耐性《たいせい》が高い。

エイリスには人魚の歌声も、まったく効果がなかったようだ。

「これでおしまいっ！　ふー、手応《てごた》えがなかったなあ！　暴れ足りない！」

「……片付いたみたいだな。フィオ、そろそろ手を離《はな》してもらっていいか？」

「ダメ」

「ダメなのか⁉」

「倒したけど、人魚たちがおっぱい丸出しだってことには変わりない。このフロアを抜《ぬ》けるまで、ナギ君は目を閉じてて」

「そんな無茶な！」

なにが起きるかわからないグランドクエストで、目を閉じてるなど自殺行為《こうい》だ。

ああ……でも、それもいいかも！

フィオの手の感触、背中に当たるおっぱいの感触。

その二つを感じていられるなら、その程度の危険はあえて受け入れるのも有りかも。

フィオはかなりどうかしていて、ナギもまったく負けていないのだが、本人たちはその異常性にあまり気づいていない。

グランドクエスト攻略《こうりやく》は、まだ続く――

幽霊船の内部は、果てがないかと思えるほどに広大だった。

罠《わな》の数は〝生きた古城〟ほどではなかったが、モンスターの数が凄《すさ》まじすぎた。

一歩進むごとに、新手《あらて》のモンスターに襲《おそ》われている気さえするほどだった。

「あー、わたくし、しばらくモンスターは見たくありませんわ……」

「あたしはちょっと物足りないなあ。ナギナギが蹴《け》散《ち》らしすぎなんだよ」

「フィオの魔《ま》法《ほう》が使えない以上、俺が前に出るのが当然だろ」

そう、ここまでの道中は人魚たちなどの例外はともかく、ほとんどの敵をナギが倒してしまったのだ。

「………」

ナギは、ちらりとフィオのほうを見る。

果たして、フィオは自分の活躍《かつやく》を喜んでくれているだろうか。

いつもどおり、クールな表情のままなのが、ちょっぴり残念だ。

まあいい、少しでもポイントを稼《かせ》げたと思うことにしよう。

と、フィオが内心でナギの勇姿に悶絶《もんぜつ》していることには気づきもせず——

「で、また海のフロアなんだが……今回は陸地もなにも見えないな。完全に海だけだ」

ナギたちが上のフロアから下りてきた階段のあたりだけに、そこそこ広めの床《ゆか》がある。

岩場ではなく、きちんと整えられた石造りの床だ。

ただ、他に床はないし、見えない通路らしきものもない。

周りに、進むためのヒントらしきものもない。

「これは、今度こそ行く手を阻《はば》まれたか――それとも、これ以上進む必要はないのか？」

たぶん、後者だろうということは全員がわかっている。

さきほどの人魚たちがいた海とは、気配が違《ちが》う。

妖気が漂《ただよ》っているというか――それも猛烈《もうれつ》な妖気《ようき》が。

「うーん、どうすればいいのかな。石でも投げたらなにか出てくるのかなー？　あるいは、フィオるんが海に飛び込んでエサになれば！」

「なんでわたしなの⁉」

「え？　だって、うちらの中じゃ、フィオるんが一番柔《やわ》らかくて美味《おい》しそうだし」

「ああ、なるほど」

「ナギ君⁉」

つい、エイリスの呑気《のんき》な発言に同意してしまったナギに、フィオが非難の目を向けてくる。

パーティのメンバーの中で一番美味しそうと言われたらフィオに決まっているのだが、

口に出すのはまずかった。

「いや、ほら、他のみんなは毒とかありそうだし！」

「へえ、どういう意味ですの？　詳《くわ》しくお聞きしたいですわね、ナギさん？」

「あはは、ご主人様。メイドの忠誠が永遠のものだと思ったら大間違いですよ？」

「この清らかなる神の子に向かって、なかなかに失礼だな！」

「なんなら、僕に毒などないことを腹をかっさばいて見てもらってもいいが？」

「う、おおお……」

と、ナギの苦しい言い訳に、今度は他の仲間たちが詰《つ》め寄ってくる。

「グランドマスターも、紅い戦団では立場弱い。ナギ・スレインリード十八歳、彼女ナシという噂《うわさ》は真実だったと思われる……メモメモ」

「………」

おまけに、バニー賢者は特に意味もなさそうなことをメモっている。

というかその噂が、首都ベラル以外の街にも広まっているとは。

「ナ、ナギ君はわたしをた、食べるつもりなの？　前々から狙《ねら》っていたの？」

「いやいや、そんなわけないだろ！　なんでモンスター目線なんだよ！　違う意味で美味しそうだとは思っているけど！

もちろん、そんなことは間違っても口に出せない！

「……貴様ら、いったいなにをゴチャゴチャと……！」

「…………！」

唐突《とうとつ》に巨大《きょだい》な水柱が立ち――

その水柱の上に、一人の幼女が立っていた。

どことなく、知識の女神ソフィアに似ているような気がするのは錯覚《さっかく》だろうか。

「遂《つい》にオレの試練に挑《いど》む者が現れたかと思えば――いつ出て行けばいいのか、迷うだろうがっ！」

「す、すみません」

つい、謝ってしまうナギ。

最近、幼女に翻弄《ほんろう》されているせいか、どうも苦手意識が芽生《めば》えてしまっている。

「……っていうか、もしかしておまえが〝死せる海を征く船〟のボスか！」

「そうに決まってんだろうがっ！　貴様ら、オレをなんだと思ってやがる！」

見た目は可愛らしい幼女なのに、口調はずいぶんと荒《あら》っぽい。

「オレこそが、海の聖域の覇皇《ダイナスト》！　ここまで来たのはたいしたもんだが、貴様らまとめて海に消え去りやがれぇっ！」

「はー、これが覇皇……紅い戦団が倒した支配者《ドミネーター》と同種のモンスターということですかあ。でも、このちっこい姿はいったい？」

リッテが、覇皇の殺気にもまるで動じず、熱心にメモを取っている。

この賢者《けんじゃ》は、未知のものを前にすると周りが見えなくなるらしい。

「支配者は、パーティのみんながもっとも恐《おそ》れてる者の姿が投影《とうえい》されてたけどなー。あれ、ソフィアたんに似てるってことは……なんだろ、パーティのみんなが一番驚かされた奴《やつ》の姿になってるってことかなー？」

例によってというか、エイリスがべらべらと説明してくれている。

今回は推測のようだが、ナギにも納得できる気がした。

よりによって、アレが女神。あんな幼女が冒険《ぼうけん》者たちを支え、祝福してくれる存在だとは未《いま》だに信じがたい。

「まあ、アレはなあ……なかなかのインパクトだった……」

「だよね、しかも知識の女神……知性と知識は別なのかなと思っちゃったよね……」

ナギは、フィオと顔を見合わせてしまう。

ああ、呆《あき》れているフィオも可愛い……と、それはともかく。

「おまえの姿形はどうでもいい！　俺たち紅い戦団がおまえを倒《たお》して、どんな願いでも叶《かな》う〝支配と願いの魔晶石《セイクリッド・クリスタル》〟をいただく……って、あれ？　二体目のボスを倒しても、もらえるんだよな？」

「だいじょーぶ、だいじょーぶ。グランドクエストのクリア報酬《ほうしゅう》は全部同じらしいから安心していいぞ、ナギナギ」

「……おまえ、やっぱり本当はグランドクエストのこと、もっといろいろ知ってるんじゃないか？」

疑わしいが、エイリスの情報はだいたい正しいので、あまり文句も言えない。

「というかだな、貴様ら報酬がなんなのかもわからずにオレに挑んできたのかよ。なんだか貴様ら、オレをザコ扱《あつか》いしてねぇか？」

「まー、強いんだろうけど、一度はグランドクエストをクリアしてるからなあ」

覇皇の強さは対峙《たいじ》しているだけで肌《はだ》にビリビリと伝わってくるほどだ。

〝生きた古城〟のボスだった支配者には、〝円環の時《デッド・ループ》〟という時間を巻き戻《もど》す強力なスキルがあった。

この覇皇にも、〝円環の時〟と同等かあるいはそれ以上のスキルがあるかもしれない。

油断していい理由は一つもないし、警戒《けいかい》はまったく怠《おこた》っていないが――

「今の俺は――負ける気がしない！」

ナギは、剣先《けんさき》を覇皇に向ける。

フィオにいいところを見せる——

告白より一歩後退している気もかなりするが、ナギが張り切る理由としては充分《じゅうぶん》だ。

男の子はなあ、好きな女の子にかっこいいとこを見せたいもんなんだよ！

「みんな、俺がボスの前に立つ！　ミフユは隙《すき》をついて攻撃《こうげき》、レイアは牽制《けんせい》を、ルティはポーションの準備を！　エイリスはフィオとリッテを守りながら、ルティと協力して回復にまわれ！　フィオは俺とミフユ、レイアに補助を頼《たの》む！」

ナギはいつもどおりに指示を出し、剣を強く握《にぎ》って駆《か》け出す。

「おおりゃあっ！」

ナギは高々と跳躍《ちょうやく》し、大きく振《ふ》りかぶった剣を高速で振り下ろす。

戦士のスキル〝怒れる牙《レイジング・バイト》〟。ナギの得意技だ。

水柱の上に立っている覇皇は、どこからか禍々《まがまが》しい形をした長剣《ちょうけん》を取り出し、ナギの一《いち》撃《げき》を受け止める。

「〝燕返し《スワロウ・ターン》〟！」

しかし、ナギは怯《ひる》まずにサムライの剣技《ソード・スキル》を放つ。

振り下ろす一撃と振り上げる一撃をほぼ同時に放つ、神速の剣——

二度の斬撃を、ナギは空中に留《とど》まったまま振るっていた。

戦士のスキル、〝空中歩遊《エアステップ》〟を同時に使用している。

複数のスキルをここまで同時に扱えるのも、グランドマスターならではの戦法だ。

「ぐっ……！　いきなり鬱陶《うっとう》しい人間め！　調子に乗るんじゃねぇぞ！」

覇皇はかろうじて燕返しを受け止めつつ、忌々《いまいま》しそうに叫《さけ》んだ。

「ははっ、グランドクエストのボスって割にはチンピラみたいな台詞《せりふ》だな！」

ナギは、空中を歩きながら斬撃を繰《く》り出していく。

支配者の〝円環の時〟は発動前に魔法陣《まほうじん》が浮《う》かび上がり、完全に効果を発揮するまでにわずかだが時間を要していた。

ナギが繰り出しているスキルのように、瞬時《しゅんじ》に発動可能というものではなかった。

この覇皇が〝円環の時〟に匹敵《ひってき》するスキルを持っていても、隙を見せなければ簡単に発動できるものではない――はず。

ならば、止まることのない連続攻撃を叩《たた》き込むのが最大の対策となる。

「ゆけ、氷霊の風《ブルーウィンド》――！」

ナギは中級の凍結《とうけつ》魔法を放ち、海面の一部を凍《こお》りつかせる。

「うおりゃあっ！」

空中歩遊にも限度がある。ナギは一度、凍った海面に足をついてから再び跳躍——覇皇へと斬《き》りかかる。

「そ、そうだ。ナギ君を援護《えんご》しなきゃ！　光の力よ、その身に宿れ——攻性昇撃《チャージ》！」

「おおっ！　ありがとう、フィオ！」

ナギの身体《からだ》に力が湧《わ》き上がってくる。

フィオがかけてくれた、攻撃力上昇《じょうしょう》の魔法だ。

並の魔法使いなら攻撃力を二倍程度に上昇させるのが精一杯《せいいっぱい》だが、四倍ほどにもなっているだろう。しかも持続時間も長い。

あと、フィオに魔法をかけてもらうと、なんというか——凄《すご》くやる気出る！

「〝爪牙砕き《ハード・ブレイク》〟！」

ナギは武器破壊《はかい》のスキルを繰り出し、覇皇の剣に刃《は》こぼれを生じさせる。

「きっ、貴様っ……！　いったい、貴様は——そうか、グランドマスター！　その領域まで至った者が、とうとう現れやがったか！」

「その幼女顔でその口調、いい加減やめろ！　なんか調子狂《くる》う！」

「そう言う割に、まるで剣が鈍《にぶ》ってねぇぞ！　てめえこそ化け物だな！」

「だったら、もっと化け物っぽくなってやるよ——！」

ナギは高く跳躍し、剣を振り上げる。

このスキルはワルモノっぽい上に、ちょっとアレなので好きじゃないが――

「いっけぇ、〝黒竜斬《こくりゆうざん》〟！」

暗黒剣士のスキルで、練《ね》り上げた暗黒闘気《あんこくとうき》を竜《ドラゴン》の形と成して放つ。

「ぐうううううっ！」

覇皇が剣で黒竜を受け止めつつも、派手に吹《ふ》き飛ばされ、海へと叩き込まれる。

というように威力《いりよく》は充分にあるのだが、なんとなくワルモノが使うスキルっぽいのと、どうも変にかっこよすぎて恥《は》ずかしいのが欠点だ。

「ふわわ……黒竜斬……久々に見たよ……！」

フィオが、ぽーっとしている。

ナギが黒竜斬を使ったときは、だいたいこのリアクションだ。

感動しているようにも見えるが、呆れているようにも思える。

なかなか微妙《びみよう》だったりするのだ。

「グランドマスター！　ははは、思ったよりやるな！　面白《おもしろ》くなってきたぜ！」

「っと、さすがにこのくらいじゃ沈《しず》まないか」

海を割るようにして、ずぶ濡《ぬ》れになった覇皇が姿を現す。

多少はダメージを受けているようだが、致命傷《ちめいしょう》にはほど遠い。

「いけません、壁《かべ》の花になっていましたわ！　ナギさん、わたくしも踊《おど》りますわよ！」

その覇皇の前に、レイアが飛び込んでいく。

走りながら〝分身《クローニング》〟のスキルを発動させ、五人に分裂《ぶんれつ》しながら構えた短剣《たんけん》で覇皇に襲《おそ》いかかる。

「くっ、サムライが戦いを傍観《ぼうかん》するとはなんという失態！　腹を――」

「はーい、はいはい。お腹を切るのはあとにして、行ってくださいね、ミフユ様♪」

ルティにポンと背中を押されて、ミフユが仕方なさそうに走り出す。

やるなルティ、腹が黒いだけじゃなくて、さりげなく美味《おい》しいところを持っていく。

ナギが幼なじみを密かに褒《ほ》めていると――

「乱歩斬《ステップヒット》！」

分身した五人のレイアが、覇皇に軽く斬りつけては間合いを取り、また戻っている。

「正体がグランドクエストのボスなら、姿が幼女だろうと真っ二つ！」

なかなかの問題発言を叫びつつ、サムライが剣を振りかぶり――

「シントウ飛剣流、一の太刀《たち》――〝紫電閃《しでんせん》〟！　四の太刀――〝烈風断《れっぷうだん》〟！　そして、八の太刀――〝天雷破《てんらいは》〟！」

ミフユの奥義《おうぎ》の中でも強力な物理攻撃力を誇《ほこ》る技が、次々と覇皇に命中する。

フロア全体を揺《ゆ》るがすような轟音《ごうおん》と衝撃《しょうげき》が響《ひび》き、パーティの仲間たちも余波に耐《た》えなければならないほどだった。

「いかん、いかん。レイアとミフユに美味しいとこ持って行かれるわけには！」

ナギは剣を握り直し、気合いの声を上げた。

「行っくぞおおおおおおっ！　〝聖光防御《ホーリイガード》〟！」

「ああっ、ナギ君が！　ナギ君が輝《かがや》きながら突《つ》っ走《ぱし》っていくよ！」

「お、落ち着け、フィオるん。ただの状態異常防御のスキルだ。確かにキラキラしてて、ちょっとかっこいいけど」

「かっこいい……そうか、エイリスちゃんもそう思うんだね……呪呪呪呪呪呪呪呪呪呪」

「なっ、なんだ⁉　いきなり呪殺《じゅさつ》されそうな目で睨《にら》まれてる！」

なんだか、フィオとエイリスがぎゃーぎゃー騒《さわ》いでる。

とにかく、この聖光防御はフィオへのウケはよかったらしい。それなら——

「くらえーっ！　聖十字光斬《グランドクロス》！」

ナギは剣で十字を切り、その十字が輝く破壊力のかたまりとなって、覇皇へと襲いかかる。

「むううっ……グランドマスターぁぁぁぁあっ！」

ドカン、と凄《すさ》まじい水柱が立ち上がり、覇皇が明らかに怯《ひる》んだ様子を見せた。

ナギは調子に乗り、ぽいっと剣をレイアに向かって放り投げる。

「ちょっと持っててくれ、レイア！　今度は――こいつだ！」

ナギは両手に闘気《とうき》をまとわせて――

「猛虎連拳《タイガーラッシュ》！　おおおおおおおおおおおおおおおおおっ！」

海面上に立っている覇皇に、止まることのない拳の連打《ラッシュ》を叩き込む。

武闘《ぶとう》家のスキルで、拳にまとった闘気が虎《とら》の形を成す連続攻撃。

一撃一撃《いちげきいちげき》が上級クエストのボスをも易々《やすやす》と砕《くだ》くほどの威力だ。

絵ヅラ的には、幼女を拳でぶん殴《なぐ》っている最悪のクズ男にしか見えないが。

「きゃあああああああああっ、聖十字光斬の次は、猛虎連拳！　ナギ君、サービスよすぎ！

凄いよっ！」

「フィ、フィオるんがもはやただのナギナギの応援《おうえん》団と化してるぞ！」

どうやら、フィオはずいぶん喜んでくれているようだ。

これまでナギはあくまでリーダーとしてパーティ内の連携《れんけい》を重視して、あまり個人の強力なスキルは使わずにいたが――これは失敗していたかもしれない。

もっと派手でかっこいい技、かっこいい技——などと、いらんことを考えながら連打を放ち続けていると。

「ぬっ、ぬぬぬっ……な、なにを気持ちよさそうに打ちまくってるんだあああっ！」

「うおっ⁉」

連打を浴びていた覇皇が、凄まじい魔力《まりょく》の波動を発して、ナギを——ついでに、まだ近くにいたレイアとミフユをも吹き飛ばした。

「生意気なボスですわね……ナギさんっ、お返ししますわ！」

「おうっ！」

レイアが投げつけてきた剣を、ナギは覇皇の魔力に耐えつつ受け取った。

さっきのナギの凍結魔法の効果が消え、海面は元に戻《もど》っている。もう一度凍りつかせて足場をつくってもいいが——

それより、ボスの半身が海に沈んでいる。

「だったら——あれがイケる！　見ててくれよ、フィオ」

最後のあたりは、周りに聞こえないように小声でつぶやいてから。

ナギは長剣を両手で構え——最大出力の闘気を練り上げ、剣へと伝わらせていく。

「これで——終わりだ！　大海を破する爆渦《メイルシュトローム》!!」

ナギが円を描《えが》くように振るった剣《けん》の衝撃波《しょうげきは》が海に巨大《きょだい》な渦を起こし、猛烈《もうれつ》な勢いで覇皇を巻き込んでいく。

サムライ以上に攻撃に特化した職業である〝バトルマスター〟の攻撃スキルだ。

剣で起こした渦にモンスターを巻き込み、粉々に砕いてしまう。

対海棲《かいせい》モンスターの切り札とも言われるスキルであり——

「おおーっ、やったか⁉」

「…………」

快哉《かいさい》を叫ぶエイリスに、なんだかナギは嫌《いや》な予感がした。

その台詞は言っちゃいけないやつだ、というような——

突如《とつじょ》、海面にまた激しい渦が起こり、ナギたちが立っている床《ゆか》にまで勢いよく波が押し寄せてくる。

「わっ、ちょっ、波が……！　ああっ、動きすぎてサラシが緩《ゆる》くなってるのに、ここで濡れたら最悪だ！　きっ、着物が身体に張りつく！」

なぜか、ミフユはボスモンスターより濡れることのほうを嫌がっている。

ミフユの奇行《きこう》は今に始まったことではないので、誰《だれ》も気にしてないが。

「メモメモ、サムライは濡れるのが嫌《きら》い……と。東方民族は変わってますう」

と、緊急《きんきゅう》加入のメンバーは気になるようだ。

「あ、気をつけましょう。ヤバヤバですよー」

ルティが、こそこそとナギの後ろに隠《かく》れる。

この冒険《ぼうけん》メイドは戦闘《せんとう》能力は皆無《かいむ》に近いが、どんな危険な状況《じょうきょう》でも軽く生き残ってきた。

ルティは危険を察知してそこから逃《に》げることに長《た》けているのだ。つまり――

「全員、下がれ！　いや、一旦《いったん》上のフロアに――」

ナギが注意を発したそのとき。

「ははは、やるじゃねぇか人間ども！　ここまで追い込まれるとは思わなかったぜ！」

海中からなにかが――いや、覇皇が浮上《ふじょう》してくる。

浮《う》かんでくるのは、さっきまでの幼女の姿からは想像もできない、巨大で真っ黒な影《かげ》だ。

「ちょ、ちょっと待て……これは……！」

ナギは目を大きく見開いた。

海中から浮上してきたのは、巨大なクジラ――に似たモンスターだった。

いや、クジラは何度か冒険中に見たことはあったが、このモンスターは形が似ているだけだ。

鋭《するど》く尖《とが》った邪悪《じゃあく》な赤い目と、全身を覆《おお》う竜のような鱗《うろこ》。

なにより、クジラと比べてもあまりに巨大すぎる――！

しかもクジラ型モンスターはさらに大きくふくらみつつある。

ナギたちが乗ってきた魔導船にも迫《せま》るほどに。

〝生きた古城〟の支配者も最初は正体を隠していたが、やはり覇皇も！

これが、覇皇の真の姿――！

「まっ、まずいっ……！」

ナギたちが立っていた床が、波に呑《の》み込まれていく。

大きくふくらんだ覇皇が、こちらに向かってきて、その動きが巨大な波を起こしているのだ。

どうする、波を凍《こお》りつかせて止める――？

無理だ、俺の凍結《とうけつ》魔法程度じゃ、この波の勢いは止められない！

「ナギナギ、ヤバイぞ！　幽霊船《ゆうれいせん》が――壊《こわ》れる！」

「くっ……！　自分の住処《すみか》をぶっ壊す気か、このボスモンスター！」

エイリスの言うとおり、幽霊船が崩壊《ほうかい》しつつある。

ナギたちが下りてきた階段は既《すで》に壊れ、あちこちから浸水が始まっている。

「はははははっ、確かに強かったぞ、人間の冒険者たち！　だが、貴様らでは大海《たいかい》を統《す》べるオレには決してかなわん！」

覇皇が、巨大な竜をも丸呑《まるの》みにできそうな口を大きく開いて笑っている。

クジラが笑っているというのは、恐《おそ》ろしく不気味な光景だった。

「潰《つぶ》れて、海の藻屑《もくず》となりやがれぇぇぇぇぇぇぇっ！」

「させるかあああああああああああああああっ！」

ナギは〝甲鉄《ストーンウオール》〟を発動させ、肉体を鋼《はがね》と化して——

跳《と》び上がり、ふくれ上がっていく覇皇に体当たりする。

「ぐうううううううっ！」

無理か、この程度じゃ覇皇の巨大化は止められない——

ナギたちを押《お》し潰す勢いでふくれ上がってくる覇皇と、襲ってくる波の勢いを止めるほどのスキルを発動させるには、時間が必要だ。

だが、今はその時間がない——

「無駄《むだ》だ、グランドマスターっ！　貴様にはオレは止められねぇよ！」

「…………っ！」

覇皇がその巨体《きょたい》を振《ふ》って、今度は向こうからナギに体当たりを繰《く》り出してくる。

全身の骨が砕けるような重い衝撃とともに、ドゴッと鈍《にぶ》く低い音が響く。

ヒビが入っていた鎧《よろい》が壊れ、ナギは体当たりの勢いを止められず、吹《ふ》き飛ばされてしまう。

覇皇のスキルは充分《じゅうぶん》に警戒《けいかい》していたが、まさか真の姿を見せることそのものがここまで強烈《きょうれつ》な攻撃《こうげき》になるとは——

ナギは海面に叩《たた》きつけられ、激しい水しぶきが上がった。

それでも、すぐに海上に顔を出す。のんきに沈《しず》んではいられない。

「ダ、ダメぇっ！」

「フィオ⁉」

フィオは杖《つえ》を掲《かか》げ、魔《ま》法《ほう》を発動させようとしている。

この状況でいったいなんの魔法を——

「脱出《だつしゅつ》魔法か！　いや、ちょっと待てっ！」

それ以外にないよな、と納得しかけて、ナギは背筋に悪寒《おかん》が走った。

脱出魔法に限らず、転位や帰還《きかん》などの空間移動系の魔法はまず失敗することがない。

だが——もし、〝一部〟が反射してきたら？

中途半端《ちゅうとはんぱ》に空間移動して、壁の中や地面の下にでも飛ばされたら？

アティシャに移動するときも念のためにフィオには使わせなかったが——

「くっ、フィオ……！」

猛烈な勢いで海水に流されつつあり、ナギはフィオから離《はな》れていってしまう。

「ナギナギー！」

「うおっ、エイリス⁉」

突然《とつぜん》、後ろからエイリスに抱《だ》きつかれ——覇皇の体当たりをくらったダメージが瞬時《しゅんじ》に癒《いや》されていく。

どうやら、ナギを助けるために泳いできてくれたらしい。

「ケガはたいしたことなかったな、ナギナギ！　あのボロ鎧も頑張《がんば》った！　そんじゃ、行ってこい！」

「い、行くって……？」

「決まってるだろっ、幼女に蹴《け》られて幸せにぶっ飛べーっ！」

「うおおおっ……⁉」

ナギは、ドッとエイリスに背中を強く蹴られ、空中に吹っ飛ぶ。

水中で蹴りとか、器用な奴《やつ》だ——つーか、なんで蹴られた、俺⁉

吹き飛びながら後ろを振り向くと、蹴った弾《はず》みのせいか、エイリスのツインテールがほどけ、銀色の長い髪《かみ》がさあっと広がっていくのが見えた。

なんだ、あれ？

髪がほどけたエイリスが、誰かに似ているような――

「いいから、行くんだ、ナギナギーっ！」

「くっ……！」

ナギは疑問を振り切り、空中を舞《ま》いながら体勢を変え、フィオへと飛びつく。

それと同時に――

「フィオっ！」

「ナギ君っ、ダメっ、離れ――」

空間移動の魔法が発動し、ナギとフィオが光に包まれる。

身体が浮遊《ふゆう》するような感覚に襲《おそ》われた次の瞬間には――

「ぷあっ！　ここは――うおっ、また海かよ！」

ナギは、荒《あ》れ狂《くる》う海に放り出されていた。

さっきまでの幽霊船の中とは明らかに違《ちが》う。

いや――崩壊していく幽霊船がすぐそばに見えた。船の外に転位したらしいが――

「あのクジラ野郎《やろう》、本当にダンジョンをぶち壊したのか！　メチャクチャだな！」

ボスを倒《たお》したらダンジョンが崩壊するというのはたまにあるが、ボスみずからがダンジヨンを壊すのは珍《めずら》しい。

「ナ……ナギくっ……」

「……フィオ！」

ナギは、激しくうねる波の向こうに、流されていくフィオの姿を見つけた。

海が荒れているのは幽霊船が崩《くず》れ、沈没《ちんぼつ》していくせいなのか、まだ覇皇が暴れているせいなのか。

ナギでも泳ぐのが困難なほど荒れた海だ。フィオの体力ではなにもできないだろう。

「くそっ、フィオ！」

「ナギナギーっ！　フィオるーんっ！　あたしたちはここだぞーっ！　みんないるぞーっ！　魔導船はここだぞーっ！　二人とも、どこだーっ！」

「………っ！」

どこからかエイリスの声が響《ひび》いてくる。

さらに、空でいくつも爆発《ばくはつ》が起こった。

たぶんあれは、リッテが打ち上げてくれた爆発魔法で、あの位置に魔導船が――

「無理だ……！」

ナギはすぐに、魔導船を探すのはあきらめることにした。

波が激しすぎて周りの様子はほとんど見えない。

二隻の船を繋《つな》いだロープが切れたのか、魔導船は既にかなり離れているようだ。

なにより、フィオが流されていく方向と魔導船の位置はまったくの逆だ。

だったら、どちらに向かうかなんて決まってる——フィオをなんとしても助ける！

ナギは、荒れ狂う海の中を必死に水をかき、今にも沈もうとしているフィオのもとへと進んでいった。

フィオ（のナギ君観察）日記 Vol.3

∀月×日

二度目のグランドクエスト挑戦！

わたしからは挑戦しようって言い出しにくいけど（報酬のことがあるから）、ナギ君がやる気で嬉しかった。

それにしても今回のナギ君、ヤバかった！

わたしが魔法を使えないせいだけど、前に出てモンスター倒しまくり！

一つ目巨人のときにナギ君のバトルをあまり見られなかったけど、今回はかぶりつきで堪能できたよ……！

まあ、おっぱい丸出しの人魚たちはわたしが蹴散らしたかったけど。

むう、人魚たちめー。おっぱいでナギ君を誘惑しようだなんて、わたしが万年こじらせ片思い女と知っての狼藉か！

あ、グランドクエストのボスは強かった。ちょっと大変なことになっちゃったの。

4　ふたりきりの無人島生活

地上唯一《ゆいいつ》にして、最強の冒険者《ぼうけん》――グランドマスター。

別に、ナギはそんなものになりたいわけではなかった。

ただ、女神との契約《けいやく》どおりに剣《けん》でひたすら戦い、気の向くままに転職を繰《く》り返していたらそうなっていたというだけ。

強くなりたい、未知の世界を旅してみたいという、冒険心はあったと思う。

でも、俺はいったいなにがしたかったんだろう？

そんな風に思う瞬間《しゅんかん》がまったくなかったとは言わない。

もちろん、冒険の旅は戦いの連続で、自分への疑問を持っている暇《ひま》なんてほとんどなかったけれど。

「フィオーネ・ペイルブルー。職業は魔法使《まほうつか》い。十四歳。冒険者になって三年目だけど、皮革級《ランク・レザー》。まだ……初級クエストもクリアしてないけど、わたしでいいのかな……？」

青い髪《かみ》の魔法使いと出会ったのは、グランドマスターになったばかりの頃《ころ》。

この出会いに、特に意味があるとは思っていなかった。

ただ、冒険者ギルドの問題児を一人押しつけられただけ。

その程度にしか考えていなかった。

フィオーネという魔法使いに問題があるわけではなく——いや、モンスターを引き寄せる特異体質は問題だったが、ナギのほうにより大きな問題があった。

ナギはグランドマスターという得体の知れない存在として有名で、誰《だれ》もパーティを組んではくれなかった。

初心者だろうと、ナギと続けてパーティを組もうなどとは思わないだろう。

ちょっと厄介《やっかい》な魔法使いを少し預かって。

彼女が初級クエストをクリアしたら、それでさよなら——

そう思っていたのに。

「わ、わたしのことは……〝フィオ〟って呼んでほしい」

それが、フィオからのパーティ結成のお誘《さそ》いの言葉。

その言葉が、どれだけナギの心を震《ふる》わせたことか。

団長には「女の子の仲間ができて舞《ま》い上がってた」などと言われたが、それだけではない。

女の子だから——ではなくて、フィオだから嬉《うれ》しかった。

フィオとパーティを組んで、紅い戦団《レッド・バトリオン》の仲間たちが集まってきて。

そうだ、フィオとの出会いからナギの本当の冒険は始まった。

たった一人の孤独《こどく》な戦いではなく、フィオとの、みんなとの旅こそが冒険だった。

ずっとこの冒険が続いてほしい——

そんな他愛のない、幼いといってもいい願いがナギを動かしていた。

その冒険の中に、フィオの笑顔があればなにも言うことはない——

……いや、あった。

フィオと結ばれたい。フィオのことが好きすぎてたまらないから。

ああ、フィオの笑顔を独占《どくせん》したいなあ……。

「…………ん？」

「すぅ——っ、んむっ！」

大きく息を吸い込む音がして、そのあとに口に柔《やわ》らかな感触《かんしょく》が。

「んんっ、んーっ……ふぁっ。ダ、ダメ？　まだダメ？」

「…………」

ナギは、なにが起きているのかわからなかった。

うっすらと開いた目の向こうには——フィオの顔が。

笑顔にはほど遠い、必死で泣きそうな顔。

わないている唇《くちびる》が――確かにさっき、ナギの唇に触《ふ》れていた。

「も、もう一度！　すう――――っ」

「フィ、フィオ！」

「えっ!?　ナ、ナギ君っ!?」

ナギは慌《あわ》てて手を挙げてフィオを制する。

「だ、大丈夫《だいじょうぶ》だ。息はできてる！」

状況《じょうきょう》はわからないが、フィオが人工呼吸をしていたことだけはわかる。

人工呼吸――なんと人工呼吸だ！

フィオは正しいやり方を知らないようで、唇を軽く合わせて息を吹《ふ》き込んだだけなので、上手《うま》くできていなかった。

ナギは水も飲んでいないようだし、たぶん気を失っていただけだ。

それは理解したが、このままじゃまずい！

ちっともまずくはないが、むしろ嬉しすぎて死にそうで、死ぬのはもっとまずい！

頭の中が完全に支離滅裂《しりめつれつ》になりつつ、ナギはよろよろと身体《からだ》を起こして――

「フィオ……だ、大丈夫……ああ、大丈夫だ」

「よ、よよよよよよよ……よ、よよよよ……よかったあぁぁぁぁぁあっ！」

「…………っ！」

がばっ、とフィオがナギに思い切り抱《だ》きついてくる。

や、柔らかい身体の感触と甘い香《かお》りが――！

「フィ、フィオ……！」

「よ、よかった……ナギ君、死んじゃったかと……よかった、本当によかった……！」

フィオは、ぎゅうぎゅうとナギの身体を抱きしめ、涙《なみだ》をぽろぽろ流している。

ナギはもう、フィオの身体の感触と匂《にお》いでどうにかなりそうだった。

できれば抱き返したいところだったが、頭が混乱しきっていて身体が硬直《こうちょく》している。

「あああ……心配したんだから……でも、ありがとう、ありがとう！」

「あ、ありがとう？　それは俺の台詞《せりふ》じゃ……」

おそらく、ナギはフィオに介抱《かいほう》してもらっていたのだろう。

礼を言うのはナギのほうのはず。

「ううん……わたしが助けてもらったんだよ」

「どういうこと……っていうか、ここはどこだ？」

ナギは、ようやく周りの状況に気づいた。

空は明るく、おそらく昼を過ぎて少し経《た》ったくらい。

二人は、どこかの砂浜《すなはま》にいる。穏《おだ》やかな波が打ち寄せていて、ナギもフィオもびしょ濡《ぬ》れでその砂浜に座っているのだ。

「ここは……はっ⁉」

フィオは突然《とつぜん》、弾《はじ》かれたようにナギから離《はな》れる。

座ったままでナギに背中を向け、ぶつぶつとつぶやき始めた。

「ど、どうしよう。人工呼吸しちゃった上に、だ、だだだ抱きついちゃうとか……わ、わたしどさくさ紛《まぎ》れにとんでもないことしちゃったんじゃ……？　なんか凄《すご》すぎて、わたしもう死ぬんじゃないの？」

「…………」

よくわからないが、明後日《あさって》の方向に思考が飛んでいるように見える。

「えーと、フィオ。どうなってるのか……できれば説明を」

まだナギの頭も混乱しまくっているが、まずは状況を理解しなければ。

「あ、うん」

振《ふ》り向いたフィオの顔は真っ赤で、目がうるうると潤《うる》んでいる。

人工呼吸に続いて、熱烈《ねつれつ》な抱擁《ほうよう》までしたのだから、照れ屋のフィオがこうなるのは当たり前だが。

「幽霊船《ゆうれいせん》が壊《こわ》れそうになったとき、帰還《きかん》魔法を使ったの」

「帰還魔法？　脱出《だっしゅ》魔法じゃなかったのか？」

帰還魔法は、自分たちが本拠地《ほんきょち》と認識している場所への空間転位。

脱出魔法はもっと規模が小さく、ダンジョンから外への空間転位。

あの幽霊船は基本的にダンジョンだから、ナギはてっきり脱出魔法を使ったのだと思った。

「脱出魔法だと、魔導船《まどうせん》に戻《もど》るだけだから。幽霊船が沈没《ちんぼつ》したら魔導船も巻き込まれるかもしれないし。脱出、帰還で段取りを踏《ふ》むのが基本だけど、そうも言ってられないと思ったの」

「ああ、なるほど……その判断は妥当《だとう》だな」

ナギは、うんうんと頷《うなず》く。

大きな船が沈没すると猛烈《もうれつ》な渦《うず》が発生し、巻き込まれることがある——らしい。

特にあんな巨大《きょだい》な幽霊船が沈没したら、なにが起きるかわかったものではない。

「んん？　待て、みんなは——少なくともエイリスとリッテは魔導船に戻ってたみたいだぞ。ちゃんと確認したわけじゃないけど」

「わたしもちょこっと見えた。たぶん、みんなは魔導船に戻ったんだと思う。おかしいんだよ……帰還魔法を使ったつもりが、脱出魔法にしかならなかった。というより、近距離《きんきょり》にしか転位できなかったみたい」

「……なんでそんなことに？」

「こんな事態は初めてだから、推測しかできないけど……グランドクエストからは魔法では脱出できないのかもしれない」

「んん……？」

そういえば、〝生きた古城《オートキャッスル》〟ではボスの大鷲《おおわし》が送り迎《むか》えをしてくれた。

正確にはナギたちは大鷲に迎えに来てもらっただけだったが、望めば元いた場所に送ってくれるらしかった。

それはつまり、大鷲以外の移動手段では帰れなかったということだろうか……？

「まあ、高難度のダンジョンでも転位系の魔法が効《き》かないとこはたまにあるしなあ。別に変な話でもないか」

「うん、状況を考えるとそうとしか思えないしね。で、帰還が上手く発動しなくて脱出にしかならなかった……けど、わたしたちはもっと最悪で、反射してきた魔法で中途半端《ちゅうとはんぱ》に転位して、海に投げ出されちゃった」

「そ、そうか……でも、フィオ一人にならなくてよかったよ」

みんなが魔導船に脱出して、ナギとフィオは二人で海へ。

一人だけがはぐれるという最悪の事態はかろうじて避《さ》けられたわけだ。

「うん、ナギ君のおかげ。ナギ君が、荒《あ》れまくってる海に投げ出されて泳げなかったわたしを助けてくれたから」

「そうか……俺、フィオを助けられたのか」

だからこそ、こうしてこんな砂浜にいるのだろうが。

「ナギ君がわたしを抱《かか》えて泳いでくれて。どれだけ泳いだかわからないけど、気づいたらこの砂浜にいたの」

「俺、そんなことしてたのか。あまり記憶《きおく》がないが……」

フィオを抱えて泳いだような気はするが、必死だったからかよく覚えていない。

魔導船の位置もよくわからなかったし、とにかく幽霊船の沈没から逃《のが》れようというくらいしか考えてなかった。

「ナギ君、ここに泳ぎ着いたらすぐに倒《たお》れちゃって。だから、そのその……じ、人工呼吸を……」

「あ、あああああああああああああああ、ありが、ありがとう……」

互《たが》いに顔を真っ赤にしてしまう、ナギとフィオ。

力を使い果たしただけだろうが、フィオが早とちりしたおかげで、とんでもなくツイていたらしい。

できれば、もっと意識がはっきりしているときに人工呼吸してもらいたかったが！

「あ、ああ、そうだ。ナギ君、ちなみにだけど」

「なんだ、まだなにかあるのか？」

「ここで帰還魔法《まほう》を使っても、ダメ。発動すらしなかった」

「えっ？　なんでだ？」

また反射することも恐《おそ》れずに魔法を使ったというのも、なかなか恐ろしいが。

「アティシャに戻れば神官にナギ君を治療《ちりよう》してもらえると思ったけど、短距離の転位すらしなかった。たぶん、転位できるような陸地がないせいだと思う。近くに魔導船があれば、そこに転位するかもしれないけど」

「近くにはなさそうだな……」

ナギは、海のほうに目を向ける。

水平線以外、まったくなにも見当たらない。

それから、海とは逆——砂浜の向こうには、森が広がっているようだ。

「ていうか、たぶん無人島だよな、ここ……」

「たぶん……だから、帰還しようとしたんだけど……」

グランドクエストが存在する海域は、無人島がいくつかある以外はなにもない――それが事前に得た情報だった。少なくとも、街や村はまったくないということだろう。

「いや、でも待ってくれ。グランドクエストからは逃《に》げられないとしても、もうここは幽霊船じゃないんだぞ。なんで帰還魔法が発動しない？」

「それなんだけど……もしかすると、幽霊船がグランドクエストの領域《エリア》だと思ってたのが間違《まちが》いだったのかも。〝死せる海を征く船〟って冒険者の船のことかもしれない」

「ここらの海域全部が〝死せる海〟――つまり、グランドクエストの領域なのか⁉」

ナギは、フィオが言いたいことをすぐに理解した。

若干《じゃっかん》、突拍子《とっぴょうし》もない発想だが、あり得ないことではない。

覇皇《ダイナスト》があっさりと幽霊船を破壊《はかい》したのも、あくまで幽霊船はグランドクエストの一部でしかなかったから？　本当にそうなら、なんてまぎらわしいクエスト名なのか！

「だったら、帰還魔法が発動しないのも頷けるか……グランドクエストからは逃げられない。グランドクエストの領域内で、自分の船があればそこに脱出できるだけ……？」

「推論に推論を重ねてるけど、否定する材料もない。少なくとも、帰還魔法でアティシャに戻るのは無理だよ……」

「…………」

ナギとフィオは、黙《だま》り込んでしまう。

要点をまとめると、このあたりの海そのものがグランドクエストの領域。

グランドクエストの領域内なら転位は可能だが、そばに船か陸地がある場合に限る。

領域外への空間転位は不可能――

ここが無人島だとしたら、完全に遭難《そうなん》した状態というわけだ。

「ま、まあよかった！　みんなは船に戻って無事みたいだし、俺とフィオも大丈夫《だいじょうぶ》。今回は、全滅《ぜんめつ》の危機ってほどでもなかったんだからな！」

「そ、そうだよね！　みんな船に戻れたなら大丈夫だろうし！　紅い戦団の危機の歴史じゃ、まだ緩《ゆる》いほうだよ！」

ナギもフィオも、どこか歯切れが悪い。

やはり、人工呼吸と熱烈な抱擁がまだ尾《お》を引いている――！

「お、俺は大丈夫だから、とりあえず周りを調べよう！　日暮れまではまだ時間がありそうだし、見て回っておかないと！　無人島じゃないって可能性もゼロじゃないしな！」

「う、うん。わたしも手伝うよ」

二人とも、幸い装備は流されていない。

ナギの鎧《よろい》は胸甲《きょうこう》が壊れてしまっているが、剣《けん》は無事だ。

フィオのほうも、杖《つえ》もローブも特に損傷はないようだ。

装備さえあれば、紅い戦団に行けないところなどない。

どのみち、このまま砂浜に座っているなど、気まずすぎて無理だ。

主《おも》に、人工呼吸とかのせいで。

ナギは立ち上がり、森のほうへと歩き出した。


「見事に無人島だったね」

「見事に無人島だったな」

ナギとフィオは、再び砂浜へと戻《もど》ってきた。

いいのか悪いのか、あまり歩き回る必要はなかった。

ナギたちがいるのは紛れもなく島で、もちろん住人の姿はなかった。

広さは小規模な村程度で、ほとんどが森林地帯。

「ま、湧《わ》き水が見つかってよかった。このくらいの大きさの島で、これだけ木が生えてるんだから真水があるとは思ったけどな」

「はー、生き返るよ……ごくごく」

ナギとフィオは、革袋《かわぶくろ》に満たした水を少しずつ飲んでいる。

このあたりの気温は高いし、覇皇《ダイナスト》との戦闘《せんとう》の疲《つか》れもあって、ひどく喉《のど》が渇《かわ》いていたのだ。

「ふー……それじゃ、現状確認をするか」

いろいろ思うことはあるが、ナギはまずやるべきことを考えている。

というか、なにかやっていないと気まずくてたまらない。

「俺は装備は予備も含《ふく》めて大丈夫だな。短剣もあるから、役に立つだろう」

「わたし、ポーチをいくつか流されちゃったみたい。ポーションが入ってたポーチがなくなったのはちょっと痛いかも」

ナギとフィオは、身につけている装備以外の所持品を砂浜《すなはま》に並べていく。

紅い戦団では、食料や日用品、回復・補助用アイテムなどはルティの巨大リュックに詰《つ》め込まれている。

一応、ナギたちも最低限の食料やアイテムを自分でも身につけてはいるが。

布や紙で包んだだけの食料などは、ほとんどが海水でダメになっている。

「当面の問題は食い物だな。食わなきゃ体力も魔力《まりょく》も戻らないし」

ナギは覇皇との戦いで、かなり消耗《しょうもう》している。

簡単なスキルを使う程度なら問題ないだろうが、全快しておくに越《こ》したことはない。

「まあ、わたしに魔力が戻ってもあまり意味はないけどね……ふふ、なんて役立たず。ナギ君の役にも立てないんじゃ、わたしの存在意義って……」

「だ、大丈夫だ。いざとなれば、フィオが魔法を使って、跳《は》ね返ってきた魔法から俺がフィオを守ればいいんだ！」

「そんな、死なばもろともみたいな……無茶だよ、それは」

「どっちみち、ここじゃ攻撃《こうげき》魔法はいらないだろ。モンスターはいないみたいだしな」

もしモンスターがいたところで、ナギ一人でどうにでもなる。

「海で魚や貝が獲《と》れるし、森には木の実なんかも多少はありそうだった。食い物もなんとかなるかな。それに——たぶん安全だ」

「わたしたちは……だけどね」

フィオの言葉に、ナギもこくりと頷《うなず》く。

さっきは安心したフリをしたが、冷静になれば、やはりその問題は置いておけない。

「みんなは船に乗れたんだから、俺たちよりよっぽど大丈夫だとは思うけど……」

「覇皇に追われてないかが心配だね」

そのとおり、それだけが唯一《ゆいいつ》の心配事だった。

紅い戦団六人のうち、四人がいるのだから、めったなことにはならないとは思う。

「魔導船の武装じゃ心許《こころもと》ないけど……確か、非常用の〝動力炉《どうりよくろ》〟があるんだったよな?」

「ああ、うん。船に乗る前にちょっと確認したけど、強力なやつみたいだったよ」

魔導船に搭載《とうさい》された機能の一つ——動力炉。魔力炉《まりよくろ》とも言われる。

炉に魔力を注ぎ込むことで、海の上を飛ぶように駆《か》けることができる。

冒険《ぼうけん》で使われる船には、高速で自力航行できる能力は必須《ひつす》だ。

風任せの帆走《はんそう》にだけ頼《たよ》るのは、危険が大きすぎる。

強力な海のモンスターと遭遇した際に、風がなければ逃げられないのでは話にならない。

「それなら、みんなも逃げられてるかな。リッテの魔力じゃ不足かもしれないけど、自称《じしよう》〝無限の魔力〟の持ち主の神官もいるんだしな」

心配ではあるが、それ以上に仲間たちへの信頼《しんらい》がある。

性格はともかく、紅い戦団の面々の能力は充分《じゆうぶん》に信用に足るものだ。

「むしろ、向こうが俺たちを心配してる可能性のほうがはるかに高いよなあ」

「あー、生きて帰っても地獄《じごく》だね」

リーダーと参謀《さんぼう》(フィオ)を欠いていることになるが、おそらくレイアあたりが臨時のリーダーを担当しているはず。

元々、レイアは女王様のような性格だし、リーダーを担当していないほうが不思議なくらいなので、問題はないだろう。

「よし！　とりあえず、これ以上みんなを心配するのはやめよう。こっちは身動きのしようがないんだからな」

レイアたちが魔導船でナギたちを捜《さが》してくれている可能性は高い。

しかし、ナギたちがイカダなどをつくってレイアたちを捜しに行くのは無謀《むぼう》にもほどがあるだろう。

なにしろ、この海域には無人島しかないのだ。

大陸までどれだけ離《はな》れているか、今は見当もつかない。

夜になれば、天測《てんそく》などである程度はこの島の位置を調べられなくもないが——どっちみちイカダでの脱出《だっしゅつ》は危険が大きい。

「とりあえず、原始的な方法での脱出は最後の手段ってことにしよう。この状況《じょうきょう》でわざわざ危険なことをする必要はないだろ。となると——」

ナギはフィオと相談しつつ、現状をさらに確認する。

もし、今の状況に変化が訪れるとしたら——

一つ目、紅い戦団の仲間たちが魔導船で海を捜し回り、ナギたちを発見する。

これが一番可能性が高い。

レイアは探索《たんさく》向きのスキルをいくつも持っているし、リッテの〝検索《インデックス》〟もおおいに役に立ちそうだ。

あと、エイリスの野性のカンなどもバカにはならない。

他に可能性があるとしたら、ナギたちがいる無人島に覇皇が襲《おそ》いかかってきて、それを返り討ちにする——といったあたりか。

グランドクエストをクリアすれば、おそらく帰還《きかん》の魔法《まほう》が使えるようになる。

街に戻ったら、レイアたちを捜す手段は飛躍《ひやく》的に増えるだろう。

あるいは、レイアたちもアティシャに戻ってきて、そこで合流できる可能性だって充分にある。

「……と、可能性としてはこんなとこかな」

「ただ——わたしは魔法がほとんど使えない以上、ナギ君が戦うしかないけど、さすがに一人で覇皇と戦うのは無茶だよ」

「残念ながら、そうかもなあ」

ナギは、先の戦いでは覇皇と一対一でもやり合えたが——あのままずっと、トドメを刺《さ》すまで単独で戦い抜《ぬ》けたかといえば、そんなことはない。

ナギがひたすら前を見て戦えたのは、援護《えんご》してくれるレイアやミフユ、回復してくれるエイリスやルティ、いざとなれば最大の火力を発動できるフィオがいてくれたからだ。

絶対に勝てない、とは思わないが、危険が大きい。

「でも、それしかないなら、俺はやる。フィオもそのつもりでいてくれ」

「……うん。わたしも、いざとなれば魔法を使うよ」

「ああ」

反射してくるとはいえ、フィオの魔法の威力《いりょく》に変わりはない。

ナギとフィオ、二人で死ぬくらいなら魔法を使ってしまったほうがいいだろう。

グランドマスターと最強の魔法使い、二人で戦えば覇皇を倒《たお》せる可能性はゼロではない。

「決して状況は絶望的じゃない。そうだよな、フィオ」

「うん、絶望なんかわたしたちに似合わないよ、ナギ君」

ナギとフィオは、にっこりと笑う。

どんな状況でも笑えるのが、最強の冒険者というものだ。

「よし！　まずは、この島で生き延びることを考えよう。水は手に入ったから、次は食料、その次は屋根のある寝床《ねどこ》。いいか、フィオ？」

「ね、寝床……う、うん、そうしよう！」

フィオが顔を真っ赤にしながら、こくこくと頷いた。

なにを照れているのか知らないが――やることがはっきりすればナギに迷いはない。

そして、なにより――

フィオと二人きり、無人島で二人きり！

誰《だれ》にも邪魔《じゃま》されない、南国の島（ただし無人島）で開放的になったフィオと二人きり！

別にフィオが開放的になったわけではないが、ナギの妄想《もうそう》は走り出している。

このあたり一帯がグランドクエストの領域なのかどうかはわからないが、帰還できないことに感謝したいくらいだ。

まずは、ビシッと食料を集めてきてフィオにいいところを見せないと！


無人島生活には、特に問題はなかった。

元々、冒険者は人が住んでいないような場所へ行くのが仕事なのだ。

しかも島にモンスターはいないのだから、普段《ふだん》の冒険よりもよっぽど安全なほどだ。

無人島くらいでビビるような可愛げは、ナギもフィオも持ち合わせていない。

それにしても──ナギの活躍《かつやく》は凄《すさ》まじかった。

戦士の剣技《ソード・スキル》と破壊力《はかい》を最大限に活用して、森の木々を次々と伐採《ばっさい》。

あっという間に、二人が暮らせる丸太小屋を砂浜の近くに建ててしまった。

グランドマスターである彼は、器用さも桁外れ《けたはず》に高い。

丸太小屋といっても、売り物にできそうなくらいの完成度だった。

小屋には、木と草でベッドまでつくり、快適に眠《ねむ》れるようになっている。

「枕《まくら》にいい匂《にお》いがするお花まで詰めてる……ナギ君、なんて芸が細かい……」

フィオはベッドの上で、枕を抱《だ》いてくんくんと匂いを嗅《か》ぎ、ため息をついた。

小屋の中には、真ん中のあたりにツルを編んでつくったカーテンがかけられ、仕切りとなっている。

もちろん、カーテンもナギの手によるものだ。

ナギは〝冒険執事《しつじ》〟という〝冒険メイド〟と対《つい》になる職業も極《きわ》めており、裁縫《さいほう》や編み物も大の得意だ。

野営《やえい》のときは男女気にせずに雑魚寝《ざこね》するのが普通《ふつう》だが、二人きりなので女の子のフィオに気を遣《つか》ってくれたのだろう。

昨夜は、森を調べ直しながら食料を集めていたら日が暮れたので、砂浜で寝た。

そして夜が明け、無人島生活二日目の朝から、ナギは働きっぱなしだ。

朝から作業を始めて、昼にはもう丸太小屋とベッドまでつくり上げているのだから、もはや人間業《わざ》とは思えないくらいだ。

「フィオ、ちょっといいか？」

「あ、うん。どうぞ」

カーテンを開けて、ナギが入ってくる。

「ベッドの寝心地《ねごこち》はどうかな？　さすがに急ごしらえだからイマイチだろうけど、もうちょっとなんとか……」

「じゅ、充分だよ。というか、ナギ君凄《すご》すぎ……」

フィオも、今さら、ナギの能力に驚《おどろ》かされることはそうないと思っていたが――

この生活能力の高さは凄まじい。

フィオも冒険者として野外生活には慣れているが、ナギには到底及《とうていおよ》ばない。

「そうか？　戦士と冒険執事のスキルがあればこれくらいできるって。ああ、今度は狩人《かりゅうど》のスキルで食料集めてきたから」

ナギとともに、フィオは小屋の外へと出た。

そこには、簡単な東屋《あずまや》のようなものがあった。

フィオが小屋に入ったときにはこんなものはなかったが——ベッドの寝心地を確かめている間に、建ててしまったのだろうか？　凄いなんてものじゃない。

「とりあえず、こんなもんなんだけど」

「お魚、貝、鳥、それにウサギ……木の実に野草まで……」

これも自作したのだろう、木のテーブルの上には食材がぎっしりと並べられている。

「簡単なモリをつくって、貝を探すついでに魚も獲《と》って、弓もつくったんで試し撃《う》ちも兼《か》ねて鳥を獲ってみた。あと、罠《わな》も仕《し》掛《か》けてみたらあっさりウサギもかかってたよ。この島、平和そうだからあまり警戒心《けいかいしん》ないのかもな」

ナギは、別に得意げでもなく、むしろちょっと物足りなそうだ。

「木の実と野草は、狩人の〝鑑定《チェックアウト》〟で調べたから毒はない。まあ、味までは保証できないけどさ」

「そ、そうなんだ」

ちゃんと栄養のことまで考えて、植物まで採《と》ってきてる。

手際《てぎわ》がいいというより、よすぎて恐《おそ》ろしいほどだ。

この勢いだと、明日には島中の食料が獲り尽《つ》くされてしまうのでは？

「そうだ、そろそろ昼飯にしよう。ルティほどじゃないけど、俺も料理スキルを持ってるし、それなりのものはつくれるだろ」

これまた、いつの間に用意したのか、東屋の近くに簡易的なカマドが設置されている。ナギはいくつか食材を持って、さっそく料理を始める。

「う、うう……」

フィオは、なにも言えなくなってしまう。

わたし、朝から昼まででなにをやったっけ？

なんとか無事だった食材やアイテムを乾《かわ》かして、あとはナギがつくってくれた小屋とベッドの具合を確かめて。

要するに、ほとんどなにもしてない！

わ、わたしは役に立たない女……？

ただでさえ、このところ魔法が使えなくて役立たずだったのに！

モンスターを引き寄せたり、問題はあったけど、冒険者《ぼうけん》の仲間としては優秀《ゆうしゅう》というところに自分の存在意義があったのに！

ま、まずい……このままだとナギ君に見捨てられるかも！

フィオは、ナギが自分にかっこいいところを見せようと張り切りすぎていることには気づかず、焦《あせ》りを覚えていた。

「んん……？」

ナギは、小屋につくった自分のベッドの上で目覚めた。

昼食をとったあと、フィオに「少し休んで」と言われて軽く昼寝をしていたのだ。

別に体力は消耗《しょうもう》していないが、フィオに言われたら断れない。

とはいえ、たいして時間は経《た》ってないだろう。

始まったばかりの無人島生活、快適に過ごすにはまだまだやることが多い。

「っと、起きないと。あとは、森の湧《わ》き水から水路を通して、簡単に水が汲《く》めるようにして。そうだ、念のために侵入《しんにゅう》者対策の結界も張っておかないとな」

まだまだ、やるべきことはいくらでもあった。

ナギは、この無人島生活をむしろ楽しみ始めている。

「あれ……？　フィオ、どこへ行ったんだ？」

小屋の外に出たが、フィオの姿は見当たらない。

もちろん、この島の中ならフィオに危険などまったくないだろう。

フィオほどの高レベル魔法使いなら、イノシシや狼《おおかみ》が出てきても素手で勝てる。

そういう心配はないとはいえ、姿が見えないと、それはそれで気になってしまう。

とりあえず、砂浜《すなはま》に行ってみると――

「あっ、ナギくーん！」

「ああ、フィオ、ここにいた……のはぁっ!?」

ナギは思わず、変な声を上げてしまう。

波打ち際のほうから走ってくるのはフィオ――水着姿のフィオだった。

アティシャの浜辺《はまべ》で遊んだときと同じ、青と白のボーダーの水着で、腰布《パレオ》を巻いている。

しかも……しかもだ！

走っているので、大きすぎるくらいの胸が、おっぱいが、二つの大きな果実がぷるんぷるんと激しく揺《ゆ》れている！

なっ、なんだあれはっ……！

ナギは、大きく上下するフィオの胸から目を離《はな》せない。

あまりに揺れすぎていて、水着が少しズレていて胸の頂点のきわどい部分が見えそうになっている！

うおおおおおおおおおおおおおおおおおおおおおっ！

い、生きていてよかった！　グランドクエストに挑《いど》んでよかった！　あのクジラ野郎《やろう》のせいでこんな無人島に流されてよかった、よかったよおおおおおおおっ！

今までに、フィオのきわどい姿は何度か見ているが、これほど興奮したことはない。

フィ、フィオのおっぱいってここまでたゆんたゆんだったか⁉

それとも、わずかな間に成長──って、いくらなんでもそれはないか！

などと、ナギは一瞬《いっしゅん》のうちにバカな妄想をたくましくして。

「ナギくー……ナギ君が遠ざかっていく⁉」

「あっ」

フィオが走っている姿をもっと見ていたくて、ナギはニンジャのスキル〝忍び走り《シャドウウォーク》〟で滑《すべ》るように後ろに下がっていた。すぐに、スキルを解除して足を止める。

「わ、悪い。最近このスキル使ってなかったから、急に具合を確かめたくなって」

「え、そうなの？　それならいいけど……逃《に》げられたのかと思っちゃった」

「そ、そんなわけないだろう。それより、その格好は……？」

思わずまた胸に視線がいってしまいそうになるが、近距離《きんきょり》で凝視《ぎょうし》したらさすがにヤバい。

ナギは必死に自重《じちょう》する。

「ああ、濡《ぬ》れそうだから着替《きが》えたの。海のクエストだから、念のために水着を持ってきてたんだよ。これは流されてなくてよかった」

「……ん？　濡れそうって……泳ぐのか？」

「違《ちが》うよ。ちょっと見てて」

フィオは、すたすたと砂浜を歩いて行き、海へ向かって突《つ》き出した岩場で立ち止まる。

「……なんだ？　フィオ、こんなとこでなにを？」

「前に、聞いたことがあるの。海の近くに住む魔法使《まほうつか》いは、海に爆発《ばくはつ》魔法を叩《たた》き込んで、浮《う》かんできた魚を獲ったりするって」

「ちょ、ちょっと待て。そんな豪快《ごうかい》な……というか、今のフィオは魔法が跳《は》ね返ってきちゃうだろ」

「初級の爆発魔法くらいなら跳ね返ってきてもノーダメージだよ。ほら――」

フィオは詠唱《えいしょう》なしでいきなり杖《つえ》から爆発魔法を放つ。

彼女クラスなら初級魔法程度であれば、即時《そくじ》発動が可能なのだ。

どかん、と海面で爆発が起こって派手に水しぶきが上がり――

「きゃっ……！　あ、あそこ見て！　魚が浮かんできてる！」

見事に魔法が反射してきて一瞬のけぞりつつも、フィオは嬉《うれ》しそうに海面を指差している。

確かに、魔法のダメージはなさそうだが……。

「フィ、フィオ！　水着、水着！　水着がっ！」

「水着がどうした——のっ⁉」

ズレていた水着が、跳ね返ってきた爆発魔法が直撃《ちょくげき》して破れてしまって。

たわわな、たっぷりした、大きすぎる胸がほとんど見えてしまっている。

ナギは慌《あわ》てて視線を逸《そ》らしたが、今度はきわどいところまでしっかり確認できた！

ああああああ、見ちゃった、見ちゃったよ！

この前、アティシャの浜辺で見たときよりももっともっとばっちりと！

真っ白で柔《やわ》らかそうなふくらみと、その先端《せんたん》にある桃色《ももいろ》のツンと突き出した部分まで。

す、凄かった……！　爆発の余波で、ぷるぷる揺れてた……！

こう、胸がちょっと持ち上がって、波打つみたいに揺れながら元に戻《もど》っていくのがすっごくエロかった……！

水着無しの生《なま》おっぱいってあんなに揺れるもんなのか……！

と、ナギはフィオの胸の動きで頭がいっぱいになって——

「な、なんでよりによって水着に直撃するのっ！　あぁーんっ！」

フィオはその大きな二つの果実を、真っ赤になりながら腕《うで》で隠《かく》している。

たわわな胸が腕で軽く持ち上がって、余計にエロいことに！

というか、ナギはフィオの悲鳴につい視線を戻してしまって、また素晴らしい光景を目《もく》撃《げき》できた。

なんてツイてるんだろう。俺、もうすぐ死ぬんじゃないか？

「……さ、魚を回収してくる。フィオ、これ使ってくれ」

ナギはフィオに適当な布を投げつけてから、海に入った。

この無人島はもしかしたら楽園なのかもしれない。

ナギは、本気でそう思いつつあった。

ちなみに、破れた水着はあとでナギが冒険執《しつ》事《じ》のスキルで縫《ぬ》い直した。

フィオの水着姿を今後も見たかったからだが、彼女には説明していない。


小屋と東屋の完成に続いて、森の奥にある湧き水から水路を通して水も楽に汲めるようになった。

食料もナギが集めた分と、フィオが獲ったちょっぴりの魚で数日は余《よ》裕《ゆう》で生き延びられる量になった。

鳥とウサギの肉はすぐに調理する分以外は燻《くん》製《せい》にして。

魚もさばいてから干して乾燥《かんそう》させ、保存食にすることにした。

獣《けもの》はどれだけいるかわからないし、魚影《ぎょえい》は濃《こ》いが天候次第で漁もしづらくなるかもしれない。

冒険者は常に準備を怠《おこた》らないのだ。

「あ、あうあう……わたしはもう、ダメかもしれない」

フィオは、小屋のベッドでゴロゴロ転がっている。

この島に漂着《ひょうちゃく》して、すぐに人工呼吸。

ひたすらナギの世話になる形での無人島生活。

おまけに、なんとか自分も役に立とうと漁をしてみれば、胸をナギに見せることになってしまった。

恥《は》ずかしい、恥ずかしい、こんな無駄《むだ》に大きな脂肪《しぼう》のかたまりをナギ君に見せちゃうなんて、恥ずかしすぎる……！

いったいなにをしているのか……！

もういろいろありすぎて、頭が完全にカオスだ。

グランドクエストのボスと戦っていたときのほうがまだ落ち着いていたくらいだ。

「……ナギ君はあんなに冷静なのに」

外からは、トンカンと音が聞こえてくる。

ナギは小屋のそばにもう一つ小屋をつくり、食料貯蔵庫にするつもりらしい。

どこまで無人島生活を快適にするつもりなのだろう。

もっとも、ナギはフィオのおっぱいのことしか考えられなくなり、煩悩《ぼんのう》を追《お》い払《はら》うために単純作業に打ち込んでいるのだが、フィオがそんなことに気づくはずもなく。

ただただ、さすがは最強パーティのリーダー、行動に無駄がないと賞賛の気持ちしか湧いてこない。

「魔法使いがこんなに役に立たないとは思わなかった……」

おそらく魔法反射の呪《のろ》いがなくても、結果は今と大差なかっただろう。

獣や魚介類《ぎょかいるい》を獲《と》るなら狩人《かりゅうど》のスキルのほうが圧倒《あっとう》的に役に立つ。それは、ナギが実証している。

火力で薙《な》ぎ払うのが魔法使いの役割。

獲物《えもの》を消し炭にしたり、氷漬《こおりづ》けにしてしまっては意味がない。

「なんて恐《おそ》るべき無駄飯《むだめし》食らい……もはやわたしは食っちゃ寝《ね》するだけの、スライムにも劣《おと》る存在……」

フィオは、枕《まくら》に顔を押しつけ足をじたばたさせて暴れる。

レイアちゃんなら陰湿《いんしつ》な罠《わな》を仕掛《しか》けたりして、役に立てたかも。

ルティちゃんは言うまでもなく、料理で活躍《かつやく》できる。

ミフユ君は剣《けん》で彫刻《ちょうこく》ができるくらいだから、木材の加工だって軽いだろう。

エイリスちゃんは野生児っぽいから、無人島は彼女のフィールドと言ってもいいかも。

リッテちゃんなんて、あの反則みたいな〝検索《インデックス》〟で無人島生活に役立つ知識を山ほど引き出せそう。

「ん……？　ちょっと待って！」

フィオは、ぴーんとひらめいた。

ナギはやたらと気が回るが、それでも男の子で冒険者《ぼうけんしゃ》。

どうしても、雑なところはある。

だから、一つ肝心《かんじん》なことを忘れている——！

「そうだ、アレならわたしもきっと役に立てる。というか、もうアレしかない！」

フィオは、ぱっと立ち上がって、杖を握《にぎ》り締《し》める。

「もう一度、爆発だ！　爆発させよう！」

杖を掲《かか》げ、高らかに宣言する。

フィオの頭は完全に沸騰《ふっとう》しているが、本人はこれにも気づいていなかった。

無人島生活二日目、夜。

朝から忙《いそが》しく働いたので、あっという間に時間が経《た》ってしまった。

永遠《とわ》に忘れられそうにない出来事もあったりしたが、満足な一日だった。

「よっ、と……」

ナギは、砂浜《すなはま》のたき火に枯《か》れ枝を放り込んだ。

昨日から、たき火は絶やしていない。

薬師《くすし》のスキルで調合した緋炎草《ひえんそう》という草を放り込み、赤い色がついた煙《けむり》が上がっている。

覇皇《ダイナスト》に見つかる可能性もあるが、魔導船への目印になることを優先したのだ。

「ふー、腹一杯《はらいっぱい》だなあ……」

ナギが冒険執事のスキルで料理して、無人島にしては豪華《ごうか》な夕食も終わった。

フィオは美味《おい》しいと言ってくれたが、妙《みょう》に口数が少なかった。

まあ、おっぱい見せちゃったんだし、それも無理ないよな――と、思いつつ、またあの光景がよみがえりそうになって、ナギは首を振《ふ》る。

いけない、何度も思い出してはフィオに悪い。

おっぱいぽろり事件のおかげで、人工呼吸事件の気まずさはどこかに行ったが。

「そういや、フィオはどこ行ったんだろ？」

食事を終えたあと、ふらっといなくなってしまった。

元々、フィオはなにを考えてるのかよくわからない。

紅い戦団のメンバーは、みんなそんな感じではあるけれど。

「なんかボロボロになってたしなあ……訊《き》いても教えてくれなかったし」

ナギが食料貯蔵庫をつくっている間、森のどこかでドカドカと爆発音が響《ひび》いていた。

たぶん、フィオがボロボロになっていたのは、あの爆発と関係あるのだろう。

ナギの回復魔法で治しておいたが、爆発魔法で狩《か》りでもしていたのか。

食料は充分《じゅうぶん》なのだから、ケガをしてまで魔法を使う必要はないのに。

「まあ、なにかやりたいって気持ちはわかるから、止めにくいよな……」

冒険者というのは、足手まといになるのをとにかく嫌《いや》がる人種だ。

フィオが、ナギの世話になりっぱなしなのを気にしてしまうのは仕方ない。

「あのー、ナギ君。ちょっと、こっち来てほしいの……」

「フィオ、どこ行ってたんだ？」

ナギが後ろを振り向くと、砂浜近くの木陰《こかげ》にフィオが姿を半分隠して手招きしている。

「い、いいから。こっちへ……」

「………？」

ナギは立ち上がり、フィオのそばへ。

フィオはナギを先導して、森の中を進んでいく。

森は真っ暗だが、冒険者ならだいたい夜目《よめ》が利《き》くし、ナギは狩人と盗賊《とうぞく》に共通するスキル〝暗視《ナイトビジョン》〟が常時発動している。

小屋のそばを通り抜《ぬ》け、しばらく歩いて――

「そこで止まって。ちょっと待ってて」

「フィオ……？」

特になにもない、森のど真ん中で立ち止まらされ、ナギは首を傾《かし》げる。

そういえば昼間に爆発音《ばくはつおん》が聞こえてきたのが、このあたりだったような――

「えっと、うん……も、もういいよ。そのまま前に進んで……」

「………」

なぜ消え入りそうな声なのか、まったく意味がわからない。

ナギは、目の前の木々をかき分けるようにして進み――

「んん？　こんなとこに泉……じゃない。あれ、温泉か？」

森の中の、わずかに開けた部分の地面が大きくえぐれていて、そこが湯で満たされていた。

つい最近もこんな状況《じようきよう》に遭遇《そうぐう》したような……。

「お、お風呂《ふろ》つくってみたの。エイリスちゃんじゃないけど、やっぱり女の子としてはお風呂があったほうがいいと思って」

また木の陰《かげ》に隠《かく》れているらしく、フィオの声だけが聞こえてくる。

「なるほど、そうだったのか」

響いていた爆発音は、この風呂をつくるためだったらしい。

魔法《まほう》で地面を掘《ほ》り、泉から水を引き、灼熱《しやくねつ》魔法で湯を沸《わ》かしたのだろう。

「確かに風呂は忘れてたな……って、えええええっ⁉」

ナギはフィオのほうを振り向いて、思わず跳《と》び上がってしまった。

「フィ、フィオ、その姿は……？」

「お、お風呂だから……裸《はだか》じゃないとダメだと思うの……」

「…………っ！」

かすかな月明かりの下、全裸《ぜんら》のフィオが立っている。

水着姿とか、上の水着が外れただけだとか、そんなレベルじゃない。

全裸！　完全な裸！

青い髪《かみ》、真っ白な肌《はだ》、大きくふくらんだ胸、きゅっとくびれた腰《こし》、すらりとした脚《あし》。

冗談《じょうだん》じゃなく、夢にまで見たフィオの裸がそこにある……！

「あ、あの……ナギ君、あまり見られると……」

「ご、ごめん……！」

ナギは、さっと目を逸《そ》らす。

「それで……昼間、たくさん働いてくれたナギ君をねぎらいたい。わたしにできるのは、
それくらいだもの。だから……脱《ぬ》いで」

「脱ぐのかっ⁉」

「だって、脱がないとお風呂入れない……」

「そ、そうか……」

ナギは納得して、フィオに見えないように近くの木陰で服を脱いだ。

一応、腰に布は巻かせてもらった。

ナギのほうは全裸でフィオの前に出る度胸はない。

三年も告白できなかったヘタレは伊達《だて》ではないのだ。

ナギは、視線を落としたまま、またフィオの前へ戻《もど》って——

「えっと……ナギ君、その辺に座って。わたしが背中を流してあげるから」

「えええええ……」

そんなことまでしてくれるのか……⁉

風呂をつくってくれて、裸で現れて、さらに背中を流してくれるだと！

まさか、俺を興奮させて殺すつもりか……！

最強のグランドマスター、無人島にて潰《つい》える⁉

ナギは、とんでもない方向に思考がぶっ飛ぶほど混乱しまくっている。

「そ、それじゃあよろしく……」

ナギは風呂のそばに座り、その後ろにフィオがやってくる。

フィオは手でナギの背中にお湯をかけ、布でこすり始めた。

布には消毒効果のある薬草が染み込ませてあるようで、嗅《か》ぎ慣れた匂《にお》いがしてくる。

野外生活が多い冒険者といえど、清潔にしておくのは病気にならないためにも重要で、この薬草はよく使われている。

ていうか、そんな匂いはどうでもいいけど……！

ナギの頭では、ひたすら疑問がぐるぐる回り続けている。

なんなんだ、この状況は⁉　フィオが俺をねぎらいたいっていうのはわかるけど、なぜ

ここまで大胆《だいたん》な行動を⁉

「んしょ、んしょ……ナギ君、けっこう背中大きいんだね」

「そう……かな。フィオのおっぱいも大きいよ」

「え⁉」

「なっ、なんでもない！　気にしないでいいっ！」

いったい俺はなにを口走っているのか！

既《すで》にナギの理性は崩壊《ほうかい》寸前、もはや自分がなにを言い出すか想像もつかない。

「そ、そう……でも、よかった。やっとナギ君の役に立てた……ここに来て、わたし完全に役立たずだったから……」

「そんなことはないって。フィオも魚獲《と》ってくれたりしたし……」

「というか、割とわたし、足を引っ張ってるよね……最初は初級クエストもクリアできないド素人だったし、モンスターを引き寄せまくるし、それが治ったと思ったら魔法を反射するし、いちいちグランドクエストに挑戦《ちょうせん》しなきゃいけないし、無人島では無駄飯《むだめし》食らいだし……あああああ」

「お、落ち着け、フィオ！」

今度はフィオが混乱の状態異常《バッド・ステータス》に陥《おちい》ったようになって、逆にナギのほうが冷静さを取り戻してきた。

「大丈夫《だいじょうぶ》、風呂、ありがたい！　背中、流してくれて気持ちいい！」

「……なんでカタコトなの？」

「いや、ちょっとまだ……落ち着いてないみたいだ。せっかくの風呂なんだから、くつろがないとな……」

「そうだね。そんなにデキのいいお風呂じゃないけど。エイリスちゃんなら、文句言ってきそうだよ」

「あー、あいつ風呂好きだからなあ」

ナギたちがエイリスと初めて会ったときも、入浴中だった。

紅い戦団の屋敷《やしき》でも、ずいぶん長風呂を楽しんでいたようだ。

「そういえば——エイリスが俺を蹴《け》り飛ばしてくれたおかげで、フィオと一緒《いっしょ》に転位できたんだよな」

「えっ、そうだったの？　エイリスちゃん、気が利く……！　わたし、エイリスちゃんのこと凄《すご》く好きになってきた……！」

「………」

どういう意味だろうと、フィオに好きだと言ってもらえるエイリスが羨《うらや》ましすぎる。

まあ、エイリスのおかげで一人ではぐれずに済んだのだから、フィオが喜ぶのも無理はないが。

「どうかしたの、ナギ君？　背中、強くこすりすぎ？」

「ああ、大丈夫だよ。別になんでもない。それより、そろそろ……」

「えっ、交代？　ナ、ナギ君がわたしの背中を――⁉」

「そ、そういうわけでは……！」

もう終わりにしていい、というつもりだったのだがとんでもない誤解をされている。

俺がフィオの背中を流す――？

そこまでいったら俺の理性は完全に崩壊して、狩りが始まっちゃうぞ！（意味不明）

「で、でもナギ君がどうしてもっていうなら――ひゃあっ！」

「うおっ⁉」

突然《とつぜん》、近くでがさりと物音がして、フィオがナギの背中に抱《だ》きついてくる。

おそらく、ただの風か、小動物が動いた音だろう。

いつものフィオならこの程度の音で驚《おどろ》きはしないだろうが、今はなにしろ異様な状況。

つい、抱きついてしまっても無理はない――だが、ナギの動揺はそれ以上だった。

フィオのおっぱいが、俺の背中に思い切り押しつけられている！

ただのおっぱいではない、服越《ご》しではない――生《なま》おっぱいだ！　ぷるぷると柔《やわ》らかいおっぱいの感触《かんしょく》だけでなく、その先端《せんたん》のなにかの感触までばっちり伝わってきている。

これまで戦ったどんなモンスターの攻撃《こうげき》よりも、強烈《きょうれつ》だ……！

もはや、グランドクエストのボスなんかザコに思えてくる……！

フィオのおっぱい以上の攻撃力を持つ存在が、この世のどこにいるというのか！

おーっぱい、おーっぱい、フィオおーっぱい！

ナギの頭の中で、無数のちびナギが腕《うで》を高く振《ふ》り、歓声《かんせい》を上げながら行進している。

自分でもわけがわからないが、そんな光景が頭に浮《う》かんでしまったのだ。

「あ、あああ……ご、ごめんなさ……あああああああっ……！」

「ん？　あっ、ちょっと待っ……！」

ナギは、瞬時《しゅんじ》に我に返った。

背後で凄《すさ》まじい魔力《まりょく》がふくれ上がっていく。

フィオの魔法が暴走しつつある！　しかも、クラーケンのとき以上の勢いで！

「落ち着け、フィオ――って言っても落ち着くわけないか！」

「ご、ごめ――もう止められないっ！」

「だよなーっ！」

ナギはとっさに指先で十字を切り、〝光波防陣《ライトウォール》〟のスキルを発動させる。

炎《ほのお》や凍気を軽減させる防御《ぼうぎょ》魔法で、仲間たち全員に効果がある。

これを発動させておいて、あとはすべてを天に任せる——もうそれしかない。

ナギが遠い目をして、覚悟《かくご》を決めた次の瞬間《しゅんかん》。

ドガーン、と凄まじい火柱が噴《ふ》き上がった。


幸いなことに、紅い戦団（二人のみ）は全滅《ぜんめつ》せずに済んだ。

フィオが暴走させた爆炎《ばくえん》魔法は、跳《は》ね返ってきた分も含《ふく》めてナギが光波防陣でかろうじて防ぎ、二人がわずかに負った傷も、回復魔法で治療《ちりょう》可能だった。

こんな無人島で魔法で治りきらない傷を負うのはまずいので、実はけっこう危なかった。

「ぐすっ……またやっちゃった……」

「い、いや。別にいいって。風呂は吹《ふ》っ飛んじゃったけど……」

ナギとフィオは、夜の砂浜《すなはま》に並んで座っている。

さっきからナギは、ぐすぐすと泣いているフィオを慰《なぐさ》めているところだ。

フィオの力作は、爆炎魔法で跡形《あとかた》もなくなってしまったのだ。

「明日、一緒に直そう。俺は微妙《びみょう》な魔力の調整は苦手だから、湯を沸《わ》かすのはフィオにやってもらわなきゃいけないけど」

「うっ、うん。お湯を沸かすのは任せて！」

なんだか、料理ができない子が簡単な作業だけ任されたかのようだが、フィオは喜んでいるので良しとしよう。

「でも、ナギ君はあまり張り切りすぎないでね。今日も疲《つか》れてるんじゃないの？」

「んー、別にたいしたことはないな。ダンジョン攻略《こうりゃく》に比べれば、小屋つくったり食料集めたりするのは楽勝だよ」

実際はそんなに楽でもないが、そう言うしかなかった。男の子には意地がある。

「そうなの？　さすがナギ君……魔法使いとは違《ちが》うね」

「ははは、一応グランドマスターだからなあ。この程度でへばってちゃ、最強の職業とは言えないだろ」

「でも、疲れてなくても、もう休んだほうがいいと思うよ。体力を温存するのも冒険者《ぼうけん》の鉄則だよ」

「まー、そうなんだけどなあ……」

生おっぱいを直接押し当てられたすぐあとに眠《ねむ》れるほど、ナギは大物ではない。

しかも、片思いしてる女の子の生巨乳《なまきょにゅう》だ！

小屋に帰って寝《ね》るとなると、その生巨乳の持ち主がカーテン一枚隔《へだ》てた向こうに寝ていることになる。

そうなれば、ナギは血肉を求めるゾンビのように、フィオのおっぱいを求めるだけの生き物へと成り果てるだろう。

それはいけない。男子たる者、性欲《せいよく》ゾンビになるなかれ（なにそれ）。

「夜風が気持ちいいし、波音も心地《ここち》いいし、もうちょっとここにいるよ。フィオは、先に戻《もど》っていていい」

「……わたしもここにいるよ。たまには、夜空を見上げるのもいいかも。冒険者は夜空なんて見慣れてるけど、南の星空はまたちょっと違うね」

「ああ……」

ナギとフィオは、空を見上げる。

別に星など、どうでもいい。星を見て感傷的になるのは詩人くらいのものだ。

天測《てんそく》をしてもいいが、考えてみれば今回はおおざっぱな位置はわかっているし、迷子になったわけでもないので、測定する必要はない。

ただ、フィオと二人で見上げる星空は——やはり、ちょっと特別だ。

「そうだな、せっかく小屋を建てたけど、今夜も砂浜で寝るのもいいかもしれない」

「うん、小屋で寝るのは明日からでもできるしね……」

どさり、と二人は同時に砂浜に横になった。

ベッドもいいが、柔らかな砂浜の感触も悪くはない。

それに——

やっぱり、カーテンなんて野暮《やぼ》なもの無しで、フィオの隣《となり》にいられるのがいい。

いつもの野営《やえい》と大差ないが、二人きりというのは大きいだろう。

手を伸《の》ばせば届くところに、フィオがいる——

「………」

しかしこれ、最高の状況《じょうきょう》じゃないか？

生おっぱい押しつけ事件みたいな素敵すぎる騒動《そうどう》はめったに起きないだろうが、こうしてフィオと一緒にいられる。

あの忌々《いまいま》しい再契約《けいやく》のおかげで、告白まではできないが——

「このまま、二人で暮らすっていうのも悪くないよなあ」

「え？」

「あ」

しまった、つい思ったことを口に出してしまった。

とはいえ、一度出てしまった言葉は元には戻せない。

「い、いや、ほら。俺もフィオももう六年もずっと冒険生活だったろ？　た、たまにはこうやってのんびりするのもいいんじゃないかって話で！」

「……そうだね。いつか冒険は終わるけど……それはずっと先の話だもの」

そのとおり、冒険者は死ぬまでできる仕事ではない。

ナギもフィオも、どこかで引退のときを迎《むか》える。

早ければ三十歳くらい、遅《おそ》くとも四十歳になるまでに引退する者が多い。

そのあとは冒険者ギルドに勤めたり、後進を育成したり。

魔法使《まほうつか》いなら魔法学校の講師になることもあるし、ナギたちのかつての仲間だった神官のエリーゼのように神殿《しんでん》に勤める場合もある。

今のところ、紅い戦団の面々はみな若いし、引退後の身の振り方など誰《だれ》も考えていないだろう。

少なくとも、ナギは特になにも考えていない。

せいぜい、フィオと結婚《けっこん》して三人の子供をつくって、男の子一人と女の子二人がいいなとか妄想《もうそう》しているくらいだ。

万が一、その妄想が実現するとしても、ずっと先——

こんなに、なにも考えず、のんびりできる時間を過ごせるのも、まだまだ先だ。

「……ううん、先にしなくてもいいのかもしれない」

フィオは身体《からだ》を起こし、ナギの顔を覗《のぞ》き込んでくる。

「引退するのは体力の限界が一番の理由だけど……五番目くらいに多い理由って知ってる？」

「五番目？　そりゃ微妙だな。えーと、なんだっけ？」

引退には個人の事情も絡《から》んでくるし、理由は様々だ。

他には金銭的事情とか、悪いものだと仲間を失って冒険が続けられなくなったりとか。

あとは——

「パーティの仲間同士で恋人《こいびと》になったら、もう続けられなくなることも多いんだって。意外だけど、けっこう多いって、団長ちゃんから聞いたことある」

「そ、そうなのか？」

まあ、結婚して引退する人たちのことも含まれているのかもしれないが。

「しょうがないよね、どうしても好きな人のことだけ見ちゃうし……他の仲間より優先しちゃうよね。でも、そうしたらもう冒険は続けられない……」

「そ、それは……そうかもな」

戦闘《せんとう》での役割とは関係なく、誰か一人だけを大事にするようではパーティの連携《れんけい》もなにもあったものではない。

ナギも、フィオを大事にしてはいるが、戦闘で贔屓《ひいき》しているかというと——そんなことはない。

「だから、冒険者は恋をしても、結ばれることはあんまりない……好きな人がいても、冒険を続けたいなら我慢《がまん》しなきゃいけないの」

「…………」

以前のナギは勇気が出なくて告白できなかっただけだが——

理由は違っても、告白できない冒険者っていうのは、意外と多いということだろうか。

「でも、わたしたち冒険に戻れるかわからないよね……それなら……」

「え？　フィ、フィオ？」

「ナギ君……」

フィオの青い髪《かみ》の先が、ナギの顔に軽く触《ふ》れる。

顔が近い。フィオの怖《こわ》いくらい整った顔が、あまりにも近くにある。

さっきの生おっぱいのときより、ナギはドキドキしている――

「ごめん。急、だよね……でも、ナギ君も変なこと言ったんだからおあいこだよね……」

「フィオ……」

ナギも身体を起こそうとしたが、動けない。

まるで金縛《かなしば》りに遭《あ》ったみたいだ。

これは、どんなポーションでも回復魔法でも治せない――

「ナギ君、わたしね。実はわたし、君のこと――」

「あーはっはっはっはっはーっ！　なんだこりゃあ！　いきなり強制転位させられたと思えば、なーんで貴様らがこんなとこにいやがるんだ!?」

「……………っ!?」

突然《とつぜん》響《ひび》いた乱暴な大声に、ナギとフィオがぎょっとして――

次の瞬間《しゅんかん》には二人とも剣《けん》と杖《つえ》を握《にぎ》って、警戒《けいかい》態勢を取っていた。

どんな状況だろうと、危機に対して瞬時に身体が反応してこそ一流の冒険者なのだ。

「覇皇《ダイナスト》……！　なんでおまえがここに！」

「そりゃオレの台詞《せりふ》だってーの！　貴様らを捜《さが》しちゃいたが、見つからないんでそろそろあきらめるところだったぜっ！」

ナギとフィオからそう離《はな》れていない、波打ち際《ぎわ》に覇皇の巨体《きょたい》があった。

まるで瞬間移動でもしたかのような――

「……ん？　まさか、これって」

ナギはふと気づいた。

以前、フィオに告白しようとして、剣の女神《めがみ》との再契約の条件として突《つ》きつけられた〝恋愛禁止《れんあいきんし》〟が発動したことがあった。

あのとき、レイアやルティ、ミフユが瞬間移動してナギのすぐそばに現れたのだ。

「ゆ、許せない……わたしがせっかく！　やっとのことで！　死にそうになりながら、言うところだったのに！」

フィオは長い髪の毛を逆立てて、めちゃくちゃに怒《おこ》っている。

「…………？」

どういうことだろう、とナギは不思議でならなかった。

今の覇皇の強制転位は、恋愛禁止のルールに抵触《ていしょく》したから起きた可能性が高い。

仲間ではなく、ボスが転位してきたのは、このクジラもどきが一番近くにいたから――

というところだろうか。

要はナギの恋愛が成就《じょうじゅ》しなければいいのだから、邪魔《じゃま》者はなんでもかまわないのだろう。

ある意味、覇皇は邪魔者としては最高かもしれない。

ただ――

「俺、告白しようとしてないよな？」

ナギは、ぼそりとつぶやいた。

となると――？

まさか、今フィオが言いかけたのは！

それはそうだ、ナギが言わなくても――もし、もしもフィオのほうから告白されても恋愛禁止のルールを破ることになる。

つまり、そういうことでいいのでは？

フィオが俺に告白しようとした――ということで！

「……いや、違《ちが》うか。なんかいい雰囲気《ふんいき》だったから、俺が無意識に告白しようとしてたんだろうな」

ナギは、すぐに思い直した。

まさか、フィオが俺のことを好きなんて、そんなことがあるわけない。

ただでさえ、幸せな騒動が立て続けに起こったのに、そこまでナギに都合のいいことばかりなんてあり得ない。

フィオが怒っているのも、静かな夜を邪魔されたから、とかそんな理由だろう。

なにか真面目《まじめ》な話をしようとしていたみたいだが、たぶん「このまま無人島生活が続いたらどうしよう」とか不安を言いかけたんだろう。

——あくまでヘタレ、あくまで自虐《じぎゃく》的なナギだった。

「っと、フィオ！　待て、待て。ここでフィオの魔法はヤバい！　二人しかいないのに、二人とも魔法の反射で吹《ふ》っ飛んだらまずすぎる！」

「うっ……」

覇皇を仕留められるほどの大魔法を放って、反射してきたらナギもフィオもかなり危険なことになる。

それで覇皇が死ねばいいが、もし仕留め損ねて、ナギたちが倒《たお》れたところに反撃《はんげき》でもくらったら本当に全滅《ぜんめつ》だ。

前にも話し合ったとおり、フィオが魔法を使うのは最後の手段にしたい。

「で、でも……ナギ君一人じゃもっと危ないよ！　だったら、わたしの魔法もダメージ覚《かく》悟《ご》で——」

「それも一つの手だけど——もっと確実な手もある」

ナギはそう言うと、フィオの手を摑《つか》んで引き寄せ——

「ほえ？」

「フィオ、俺は君のことが――」

ナギはフィオに身体をくっつけ、耳元に顔を寄せ、はっきりと聞こえるように。

最大の威力で、恋愛禁止のルールをぶち破る勢いで――

「君のことが好《す》――」

「きゃあああああああああああああっ！　なっ、なんですの!?」

「あららら、びっくりですね」

「うおぅっ、こいつは驚《おどろ》きだぜっ！」

「なっ、なんだこれは……またアレなのか！」

ナギとフィオの間に割り込むようにして――

盗賊《とうぞく》のレイア、冒険《ぼうけん》メイドのルティ、神官のエイリス、サムライのミフユ。

紅い戦団の仲間たちが、唐突《とうとつ》に姿を現していた。

しかも、ナギの手は仲間たちの胸や尻《しり》にばっちりと触れている。

「ああ、上手《うま》くいったみたいだな……！　ちくしょう！」

自分でやっておいて、ナギは泣きそうになっていた。

全力で恋愛禁止のルールを破ろうとした結果、狙《ねら》いどおりに仲間が全員まとめて邪魔をしに現れてくれた。

ナギが告白をしようとするたびに邪魔が入る――つまり、こうなるのは当然だ。

覇皇が現れるまでまったく思いつかなかったが、最初からこうしていれば、もっと早く全員合流できていたのかもしれない。

もっとも、思いついてもやらなかっただろうが。

ヘタレだが、フィオと二人きりになれる機会をみすみす失うほどバカでもない。

「と、とりあえず――方法はともかく、仲間は揃《そろ》った！　これでいけるぞ、フィオ！」

「……前もこんなことあったけど、どうしてこうなるの？　空間転位？　なんの魔法《まほう》？」

「気にするな、女神の呪《のろ》いだ！」

女神との再契約《けいやく》を勝手に呪いにしつつ、ナギは剣を構え直した。

「グランドマスターは謎《なぞ》が多いですう。というか、いきなり凄《すご》い危機になってますう！」

と、ついでに賢者《けんじゃ》リッテも瞬間移動してきていたらしい。

臨時参加とはいえ、彼女も仲間の一人なのだから、当然ではある。

「本当に仲間は揃ったな。それじゃあ、今度こそおまえを片付けてやるよ、覇皇！」

「ぬかしやがれ、グランドマスター！」

唐突に――決戦の幕は切って落とされた。

フィオ（のナギ君観察）日記 Vol.4

月　日

きゃっほー、ナギ君と二人きりで無人島生活っ！　いえいっ！
ああ、いけない。これじゃ、わたしはまるでエイリスちゃん。
もうナギ君の頼もしさといったら、凄かったよ！
お風呂で背中を流すのは少し……ううん、死ぬほど恥ずかしかっ
たけど、ナギ君は喜んでくれたかな？
たまに、ナギ君がわたしの胸を見てる気がするの。魔眼のよう
な迫力で。
たぶん自意識過剰だと思うけど。
でも、おっぱいを生で押しつけちゃったのはやりすぎだよね……。
ああ、もう死にたい！
だいぶおかしくなってたせいか、ナギ君にとんでもないことを言う
ところだったし。
どうでもいいけど、わたしの日記っておっぱいの話が多すぎ？

5　告・白優先の最大決戦

ナギは剣《けん》を高く掲《かか》げ、一言詠唱《えいしょう》して——

「夜中の夜明け《ミニフレア》！」

その剣の切っ先から光が飛び、上空で小さな爆発《ばくはつ》を起こした。

爆発の光はそのまま空中に留《とど》まり、あたりを真昼のように照らす。

熟練の冒険者《ぼうけんしゃ》ならば、たいていは夜目《よめ》が利《き》くが、暗い中での戦闘《せんとう》は不測の事態を起こしやすい。

だから、まずは照明となる魔法《まほう》を放つのは夜間戦闘の基本だった。

「準備完了《かんりょう》！　みんな、陣形《じんけい》は前と同じだ。今度は敵がでかい分、攻撃《こうげき》が当てやすいぞ！　遠慮《えんりょ》なくやれ！」

「調子に乗るなよ、グランドマスター！　貴様らのような矮小《わいしょう》な存在など、このオレが薙《な》ぎ払《はら》ってやるぜ！」

覇皇《ダイナスト》は、波打ち際《ぎわ》近くに直立するような体勢になった。

ただでさえ大型船以上の巨体なのに、さらに大きく見え——まるで山が立ち塞《ふさ》がっているかのようだ。

「おまえが無駄《むだ》にでかいんだよ！　やるぞ、みんな！　準備はいいな！」

「……あの、わたくしたち、魔導船《まどうせん》でお二人を必死に捜《さが》し回っていたんですのよ？」

「ありがとう！　でも、そういう話はあとだ、レイア！」

「……いろいろ訊《き》きたいことはありますが、そういう場合でもないようですわね」

「武士は細かいことにはこだわらない！　ただ敵を討つのみ！　でも、僕もあとで聞かせてもらう！　主《おも》にフィオ殿《どの》と二人でなにをしていたのか！」

　レイアとミフユがそれぞれ武器を構え、覇皇に向かって駆《か》け出した。

　無謀《むぼう》とすら思えるほどの動きだったが、もちろんこの二人がなにも考えずに突撃《とつげき》などするはずがない。

「というわけで、さっそくあなたには死んでいただきますわ！　淑女《しゅくじょ》らしからぬ慎《つつし》みのなさで申し訳ありませんが、最大攻撃――いきますわね！」

　レイアは、両手に短剣を握っている。

「烈剣二刀《れっけんにとう》・十六連撃――」

　短剣を構えて高く跳躍《ちょうやく》し、覇皇に肉薄《にくはく》して――鋭《するど》く回転しながら、二本の短剣で次々と斬《き》りつけていく。

一撃一撃《いちげきいちげき》はさほどの威力でなくとも、肉を削《そ》ぎ落とすかのようにズバズバと斬りつける勢いは凄《すさ》まじい。

盗賊の最大の弱点である火力不足を、盗賊最大の長所である敏捷性《びんしょう》と器用さを活《い》かした手数で補う攻撃スキルだ。

「ぐっ、ぐおおおおおおおおっ、このっ、小娘《こむすめ》がちょこまかと！」

「小娘⁉　無礼な、ひめ――お嬢様《じょうさま》と言いなさい！」

覇皇が巨体の側面に一枚ずつある巨大《きょだい》なヒレを振《ふ》るい、砂浜《すなはま》に叩《たた》きつけてくる。

激しく砂が舞《ま》い、地面がごっそりなくなるほどの威力――しかし、レイアにそんな大ぶりの一撃は通じない。

レイアは軽く跳《と》び回って、覇皇の苦し紛《まぎ》れの攻撃をかわしていた。

ドレスの裾《すそ》がひらひら揺《ゆ》れて、色っぽい脚《あし》が見え隠《かく》れしている。

「ならば――すべて消え去りやがれ！」

覇皇は、その巨大な口を開き、わずかなタメの直後に猛烈《もうれつ》な勢いで水を吐《は》き出した。

「アクアブレスか――！　くそっ、〝聖光防壁《グレイト・ウォール》〟！」

ナギはとっさに、剣に聖光気《せいこうき》を込めて円を描《えが》くようにして振るった。

広範囲《こうはんい》に分厚い光の壁《かべ》をつくる、聖騎士《せいきし》の防御《ぼうぎょ》スキルだ。

聖光気のかたまりが、覇皇が吐き出した水のブレスと衝突《しょうとつ》し――突《つ》き破《やぶ》られてしまう。

膨大《ぼうだい》な量の水が聖光気の壁に無数の細かい穴を穿《うが》ち、砂浜に降り注いでくる。

雨のように何百という細い筋に分かれて降ってくる水も、威力は死んでおらず、砂浜に深々と突き刺《さ》さっていく。

光の壁で勢いを殺しているのに、直撃《ちょくげき》すれば重傷は免《まぬか》れない――

聖騎士の最大の防御スキルをもってしても防ぎきれない威力のブレスだった。

さすがは、グランドクエストのボスだけあって、やはりとてつもない――

「わっ、わわっ……ああ、だから濡《ぬ》れるのは嫌《いや》なんだーっ！」

降り注ぐ水をかわしながら、ミフユが覇皇に向かって駆けていく。

かすったブレスが着物の前に当たり、少しはだけてしまっている。

着物の下に巻いているサラシがほどけかけているのが気になるが――

「シントウ飛剣流《ひけんりゅう》――七の太刀《たち》、〝極光乱舞《きょっこうらんぶ》〟！」

ミフユもまた、両手に武器を握《にぎ》っている。

右手にはいつものニホントウ、左手には脇差《わきざ》しと呼ばれる短刀――それぞれの剣を握った両手を翼《つばさ》のように広げ、縦横無尽《じゅうおうむじん》に斬撃を放ち続ける。

覇皇の巨体《きょたい》がざくざくと切り刻まれ、真っ赤な血液が勢いよく噴《ふ》き出してくる。

極光乱舞はレイアの烈剣二刀より手数では劣《おと》るが、一撃の威力ははるかに大きい。

常識を超《こ》えた巨体のモンスターが相手の場合、武器や魔法で分厚い皮膚《ひふ》を破り、脳などの急所にダメージを与《あた》えるのはかなり無理がある。

とにかく、少しずつ削《けず》るようにダメージを与えていって、そのうち倒れるのを期待するのが正しいやり方だ。

「っと、俺も見物してられないな。それじゃ——空と地を貫《つらぬ》け稲妻《いなずま》よ、〝天地雷裂《ストライクボルト》〟！」

ナギは魔法戦士のスキル〝魔法剣《エンチャント》〟で、雷《かみなり》系最大魔法を剣に宿らせる。

フィオの雷系魔法に比べれば威力は半分程度だが、そこは剣の威力で補える。

「うっらあああああっ！」

頭の悪そうな叫《さけ》びを上げながら、ナギは雷をまとった剣で斬りつける。

海棲《かいせい》モンスターには雷系魔法が効果的というのが原則だ。

「ぐううっ、グランドマスター！　厄介《やっかい》な男だな、貴様は！」

どうやら、これほどの巨体、グランドクエストのボスでもその原則は通じるらしい。

本来、魔法戦士が使えるのは中級魔法まで。

最大魔法は使えないが、ナギは魔法使いの魔法もすべて身につけている。

魔法戦士としてのスキルを最大限に活用できるのだ。

強力な雷を帯びたグランドマスターの斬撃は確実に、そして急速に覇皇の生命力を奪《うば》っていく。

「ほえー、さすがですう。全スキルを取得してると、こんなえぐい攻撃もできるんですねえ。むしろ、グランドクエストが全部制覇《せいは》されたら、グランドマスターが世界の脅威《きょうい》になるんじゃないでしょうかあ」

と、ぶつぶつ言いながら、リッテがメモを取っている。

あの賢者は、俺になにか含《ふく》むところでもあるのか——と、ナギは呆《あき》れつつも攻撃の手を止めない。

その間にも、レイアとミフユが隙《すき》を見て攻撃、覇皇に反撃《はんげき》する暇《ひま》を与えない。

スキルの連発で消耗《しょうもう》した体力は、エイリスの魔法とルティが投げてくれるポーションで回復している。

「くそーっ、あたしも斬りつけたいのに！　ミフィとレイっちばっかりずるい！　あたしにも血を見せろーっ！」

「だから、僕を殺人鬼《さつじんき》みたいに言うな！　斬るのが楽しいのは否定しないが！」

「ああんもうっ、返り血で服が汚《よご》れますわ！　代われるものなら、代わってほしいですわよ！　でも、ナギさんと肩《かた》を並べられる場所は譲《ゆず》れませんわ……ごにょごにょ……」

攻撃と回復担当たちにも思惑《おもわく》があるらしい。

レイアのつぶやきは、ナギの耳にはよく聞こえなかったが。

「よし、この調子なら——」

やはり、紅い戦団《レッド・バトリオン》の攻撃力ならグランドクエストのボスも圧倒《あっとう》できる。

あの狭《せま》い幽霊船《ゆうれいせん》の中では巨大化する覇皇に手も足も出なかったが、今なら勝てる！

手を緩《ゆる》めずに、このままいけば——

「あ」

前衛の三人が、一斉《いっせい》にぽかんと口を開けた。

突然《とつぜん》——本当に突然に、覇皇がその巨体を驚《おどろ》くほどの速さで滑《すべ》らせるようにして砂浜へ突進《とっしん》。

ナギたち前衛を無視して、後ろに控《ひか》えていた四人へと大口を開けて襲《おそ》いかかったのだ。

「うおっとぉ、いくらあたしが可愛くてもがっつくなよ！」

「あらっ、メイドに襲いかかっていいのはご主人様だけですよ？」

「わたしに襲いかかっていいのも——なんでもないっ」

などと割と余裕《よゆう》ありそうに、後衛の三人は覇皇の急襲《きゅうしゅう》を回避《かいひ》する。

レベルが高すぎるあまりに、後衛といえども並の戦士や武闘家《ぶとうか》も上回る体術を身につけている紅い戦団のメンバーだったが――

しかし――そこまでの領域に達していない者が一人いた。

「わきゃっ」

間抜《まぬ》けな声とともに、バニー姿の賢者の姿が一瞬《いっしゅん》で消えた。

「食われたーっ⁉」

ナギは、大慌《おおあわ》てで覇皇のところへと駆け寄っていく。

しかし、もう遅《おそ》い。覇皇がごくりとリッテを呑《の》み込んでしまうのが見えた。

「……ま、まだ大丈夫《だいじょうぶ》だ！　嚙み砕《くだ》かれたわけじゃない！　丸呑《まるの》みされたんなら、消化される前に覇皇を倒《たお》せばいいだけだ！」

嚙み砕くとか、ナギもあまり言いたくなかったが、他に表現のしようがない。

大型の海棲モンスターの特徴《とくちょう》として、エサを丸呑みする習性がある。

倒したクラーケンの胃を開けたら、生きた魚が山ほど出てきた――なんてこともあったらしい。

「はははっ、消化だと！　バカも休み休み言いやがれ、グランドマスター！　消化なんてもったいねぇことするかよ！　さあ、見やがれぇっ！」

「なにっ……⁉」

ナギたちの目の前で、覇皇に変化が生じた。

一瞬、覇皇の前に巨大な魔法陣《まほうじん》が浮《う》かび上がったかと思うと——

覇皇の頭のあたりに——ぴょこんと、ウサギのような長い耳が生えたのだ。

なんというか——不覚なことに、ちょっと可愛いと思ってしまった。

「ほほーう、てめえの名前はナギ・スレインリードか。なんだ、ぱっとしねぇ名前だな。もうちょっと伝説の戦士らしい名前にしとけよ！」

「うるさいな、俺はただの武器屋のせがれ——って、ちょっと待て。どこで俺のフルネームを？」

仲間たちがナギの名を何度か呼んでいるが、苗字《みょうじ》のほうは誰《だれ》も口にしていないはず。

いったいどこで——

「ま、待て。まさか……！」

「そうだ、さすがに察しがいいなあ、グランドマスター。こいつがオレのスキルだ」

覇皇の長い耳がぴょこぴょこと揺れているのが、かなり緊張感《きんちょうかん》を削《そ》いでいるが——

「これこそが、〝全能の捕食者《スキル・イーター》〟。すべての能力を食らう秘法だ」

「全能の捕食者——！」

支配者《ドミネーター》の〝円環の時《デッド・ループ》〟に比べれば、絶望的なほどに強力なスキルではない。

しかし――

「こいつだ、こいつのこの能力がほしかったんだぜ。女神契約者《ヴィーナス・サーバー》の能力を食ったのは初めてだ！　ほう、〝検索《インデックス》〟っつーのか。こいつでグランドクエストに挑《いど》むバカ野郎《やろう》どもの情報がわかれば、オレを脅《おびや》かす者なんぞどこにもいなくなる！」

「…………っ！」

よりによって、リッテの反則すぎる能力が奪われた――

覇皇のスキルは警戒《けいかい》していたが、まさか〝食う〟なんて方法で発動するとは。

これは、ちょっとまずいかもしれない。

ナギは、背中に冷たい汗《あせ》が滲《にじ》むのを感じた。

覇皇《ダイナスト》は、砂浜《すなはま》に上がったままだ。

陸上でも、動きにも生命活動にも支障はないようだ。

ヒレがあるくらいで手足もないのに、ずるずると動き回っている。

「情報っていうのはケンカには重要らしいな。ま、そんなことは貴様ら冒険者《ぼうけんしゃ》のほうがよくわかってんだろうなあ」

「……モンスターのくせに情報集めなんてするのか。芸が細かいな」

ナギは、覇皇の前でいつでもスキルを放てる体勢を維持《いじ》している。

リッテの能力を手に入れた覇皇がなにを仕掛《しか》けてくるかわからない。

未知の攻撃《こうげき》を受け止めるのは、リーダーであり盾《たて》役でもあるナギの役目だ。

「貴様らが言うところの化け物だって、別に死にたかねぇんでな。いや――オレたちに挑む〝最強の冒険者〟なんて思い上がったバカどもを返り討ちにするのが最高に楽しいんだ。そのためなら、いろいろと能力も必要になってくるってわけよ」

「そういや、支配者も〝円環の時〟で時間を遡《さかのぼ》って弱い頃《ころ》の冒険者を殺すのが楽しそうだったな。まったく、性根が歪《ゆが》んでるな」

「はんっ、冒険者だって、敵をぶっ倒すのが楽しいからやってんだろ？」

「別に、俺はそんなことはないけど」

ナギはフィオと一緒《いっしょ》に旅をして、いつか告白するために冒険者をやっているのだ。

「……んー？　なるほど、本当にそうみてぇだな。そういう変わった冒険者だからこそ、オレの前まで来られたってとこか」

また、ぴょこぴょこと覇皇の耳が動いている。

仕組みはともかく、覇皇は完全にリッテの〝検索《インデックス》〟を自分のものにしているらしい。

リッテのように、本を取り出す必要すらないようだ。

ナギの情報を覇皇に完全に握られている——

おそらく、ナギの強さもスキルも、なにもかも。

所有するスキルを知られるというのは、手の内がバレるということ。

相手がなにを仕掛けてくるかわかっている、というのは地味だが強力な優位性だ。

いや、待てよ？

「まっ、まままま、まさか——」

「ナギさん、敵とのんびりおしゃべりしている場合ではありませんわ！　たとえ一時《いっとき》のこととはいえ、リッテさんはお仲間！　消化されていないなら、助けることもできるでしょう！　早くこのモンスターを倒さなければ！」

レイアが二本の短剣《たんけん》を手に、覇皇に斬《き》りかかる。

再び、烈剣二刀・十六連撃を——

「ほほう、レイラティア・リア・ドゥ・フランカ。ご立派な名前をお持ちじゃねぇか」

「なっ……!?　なんですってっ!?」

覇皇に斬りつけかけて、レイアの動きがぴたりと止まる。

ナギも、レイアの本名はつい最近知ったばかりだが、フルネームは初耳だった。

「おやおや、こいつは。もしかして、貴様らパーティの中でも一番の変わり種《だね》がこの女なんじゃねぇのか？　なんでまた、盗賊《とうぞく》なんぞやってるんだ？」

「おっ、おやめなさい！　それ以上は――」

レイアは、明らかに焦《あせ》りまくっている。

フランカというのは、中央大陸の南西部にある王国と同じ名前だが……。

「あー、なるほどなあ。これまた、バカなことをしでかしたもんだ。せっかく、煌《きら》びやかな世界に生まれたってのに、頭がおかしいんじゃねぇのか？」

「だ、だだだだだ、黙《だま》りなさい！　わたくしは盗賊のレイア！　ほ、他の誰でもない、ないんですの……よ……」

レイアは、だんだん声が小さくなっていく。

相当なショックを受けてしまっているようだ。

「話がいまいち見えないが――〝義を見てせざるは勇無きなり〟！　仲間を苦しめる者を、サムライとして見逃《みのが》せない！」

完全に固まってしまったレイアに代わって、ミフユが前に飛び出す。

彼もまた、剣を両手に握《にぎ》ったままだ。

「くらえ、シントウ飛剣流――七の太刀、〝極光乱舞〟！」

「一番でかい秘密を抱《かか》えてんのが貴様だな。よくまあ、隠《かく》せてる……っつーか、周りが気づかないもんだが。人間ってえらく鈍《にぶ》いんだなあ？」

「なん……だとっ……！」

今度は、ミフユも斬りかけて動きが止まってしまう。

「ふむ、ずいぶん面倒《めんどう》くさい関係の姉貴がいるんだな。だからって、極端《きょくたん》な行動に走る奴《やつ》だなあ、ミフユ・シントウ。人間はオレにはよくわからんが、貴様は特にわからん。自分を責めるのが趣味《しゅみ》なのかよ？」

「おっ、おまえに、私の――僕のなにがわかるんだ!?」

「この〝検索〟の能力は、本人以上に本人のことがわかるらしいぜ？　ああ、貴様はサムライとしての生き方が、揺《ゆ》らいでるんだな。そんな男と出会っちまったら、そりゃ本当の姿を見せてみたくもなるよなあ？　その黒髪《くろかみ》を解いて、綺麗《きれい》な着物を――」

「なっ、なななななななっ、なんのことだーっ！」

ミフユは真っ赤になって、ぶんぶんと無意味に剣を振《ふ》り回している。

いつもの精緻《せいち》極《きわ》まる剣術《けんじゅつ》とまったく違《ちが》う、ずいぶんとかっこ悪い剣だった。

「あらら、ちなみに私のこともわかったりするんですか？」

にこにこと笑いながら、ルティが一歩前に出た。

「ほう、格好はふざけてるが仲間思いな女じゃねぇか。盗賊とサムライをかばうか。まあいい、貴様は——ひぃっ！　なっ、なんだこの真っ黒な経歴は！　よ、読めねぇ！」

「……あら？」

なぜか、覇皇が目を見開いて驚いている。

ルティの情報を探って、いったいなにを見てしまったのか。

ナギの幼なじみは、腹黒メイドの異名《いみょう》をほしいままにしているが……。

グランドクエストのボスも動揺《どうよう》させるほどだったとは。

「失敬なボスさんですねー。ですが、どうやら本人が誰にも話してないことまでわかるみたいですね。これは厄介《やっかい》ですよ、ご主人様」

「……わかってるよ。これ以上、ベラベラ喋《しゃべ》られてたまるか」

まさかとは思ったが、ナギたちの手の内だけでなく、秘密まで筒抜《つつぬ》けとは——

フィオはもちろん、エイリスの情報もちょっと聞きたいところだったが、仲間の秘密など無理矢理に暴かれては困る。

「おっと、そうだったな。まずグランドマスターの話だったな。ははっ、まったくお笑いだぜ。最強の冒険者の冒険の動機が——」

「エイリスちゃん様、今必殺《いまひっさつ》のぉ！　単なる物理キ————————ック！」

「ぎゃはぁっ⁉」

エイリスが流星のように飛んで、両足で覇皇の頭のあたりに蹴《け》りをぶち込んだ。

覇皇の頭は大きく凹《へこ》み、巨体《きょたい》がぐらりと揺れた。

スキルを極めた武闘家《ぶとうか》にも劣《おと》らない、見事な蹴りだった。

「きっ、貴様っ……！　モンスターに蹴りをくれる神官がどこに……！」

「ここにいるだろう！　その口を閉じない限り、あたしはおまえを蹴り続ける！　泣いたってやめてやんないぞ！」

「誰が泣くか！　貴様は本当に神官——んん⁉　なんだ、〝検索〟でもなにも情報が出てこねぇ……？」

心なしか、覇皇が焦っているように見えた。

エイリスを凝視《ぎょうし》して、落ち着きなく巨体を震《ふる》わせている。

「ふんっ、このあたしの神聖なるオーラは、すべてを見通す女神契約者の目も遮《さえぎ》ってしまうのさ。嘘《うそ》だと思うなら、好きなだけ試してみるといい！」

「……そうか、貴様。なるほどな、能力など使えなくとも正体だけはわかったぜ。こいつらがこのオレの前にまでたどり着けたのも頷《うなず》けるってもんだ」

「紅い戦団がここに来られたのは、ナギナギたちの実力だよ。もちろん、あたしの戦闘力《せんとう》のおかげもあるけど！」

「神官の戦闘力に頼《たよ》るパーティっていうのもどうなんだ……呆《あき》れた連中だぜ」

グランドクエストのボスも呆れさせる変人集団、それが紅い戦団。

「とにかく、これ以上リったんの能力は使わせん！　あたしがこのロリボディを張ってでも止める！」

「……なんでまた、そこまでして仲間の秘密を守ろうとする？　いや、誰《だれ》の秘密を守ろうとしてやがる？」

「さーね。でも、秘密っていうのは秘密のままだから面白《おもしろ》いんだ。それをドカドカ明かそうとしてるおまえは、野暮《やぼ》としか言いようがないぜ！」

エイリスは仕込《しこ》み杖《づえ》を引き抜《ぬ》き、きらりと刃《やいば》が光る。

「今宵《こよい》の我が剣は血に飢《う》えている！　おまえはたっぷり血がありそうだから、愛剣も喜んでくれるだろう！」

「どこまでもふざけた奴だ！　これだから貴様らはムカつくんだよ！　そんな小せぇ身体《からだ》で、このオレにかなうと思ってんのかっ！」

ゴゴゴゴ、と覇皇の周囲に火球がいくつも現れ、エイリスに向かって降り注ぐ。

魔《ま》法使《ほうつか》いの初級魔法〝火球《ファイアボール》〟だが、威力《いりょく》が桁違《けたちが》いだ。基本的には一発だけ放つもので、覇皇のように数十発も同時に撃《う》てるものではない。

グランドクエストのボスともなれば、軽く発動した魔法も強力すぎる。

「そっちこそ、ちょっとでかいからっていい気になるなよ！　ちっちゃくて可愛くても、剣を握れば世界最強！」

エイリスは叫《さけ》びつつ、降ってくる火の球をかわし、またもや蹴りを覇皇に叩《たた》き込んだ。

「がふっ……！　け、剣を握ればとか言っておきながら……！」

「美少女に蹴られて喜べ、変態モンスター！」

「喜ぶか、このバカが！」

エイリスと覇皇は、程度の低い罵声《ばせい》を浴びせ合いながら、衝突《しょうとつ》を続ける。

エイリスが蹴り、殴《なぐ》り、剣で斬りつけて。

覇皇も、アクアブレスや魔法を次々と繰《く》り出してくる。

二人の戦いの余波だけで、並のパーティなら全滅《ぜんめつ》しそうなくらいだ。

「……っと、見てる場合じゃないって！　みんな、俺たちも加勢するぞ！　ほら、レイア、ミフユ、いつまでも呆《ほう》けてるなよ！」

「……はっ。わ、わたくしとしたことが……」

「あ、姉上の話を出された程度で……くうっ、腹を切りたい……！」

「それはあとだ、ミフユ！　グランドクエストのボスへの最後の一撃《ラスト・アタック》を神官に奪《うば》われたら、俺たち前衛は末代までの恥《はじ》だぞ！」

「む、むう……わかった、なんとか切腹は我慢《がまん》しよう！」

我慢するようなことでもないが、とりあえず納得してくれたらしい。

レイアとミフユが弾《はじ》かれたように駆《か》け出し、エイリスを援護《えんご》して攻撃《こうげき》を再開する。

「速《はや》っ！　さすがに速さじゃ、俺もあの二人にはかなわないな」

盗賊とサムライは、目にも留《と》まらぬ速さで、全力の攻撃を叩き込んでいく。

エイリスも楽しそうに斬撃と格闘《かくとう》攻撃を放ち続けている。

三人の攻撃が激しすぎて、覇皇もリッテの能力を使う暇《ひま》はないようだ。

「……エイリスちゃん、どうしてあそこまで必死になってみんなの秘密を守ろうとしたんだろう。どちらかといえば、根掘《ねほ》り葉掘《はほ》り秘密を聞きたがりそうなのに」

「えらい言われようだな、エイリスも」

そばにやってきたフィオに、ナギは苦笑してみせる。

「というより、ナギ君の秘密を守ろうとしたようにも見えたけど……ナギ君、まさかまた幼女にヨコシマなことを？」

「違ーうっ！　〝また〟とか言うな！　そりゃ確かに、エイリスは──うん、覇皇が俺の秘密を話そうとしたのを邪魔《じゃま》したみたいに見えたけど」

エイリスに守ってもらえる理由など、ナギには思いつかない。

「実はナギ君の秘密をエイリスちゃんが既《すで》に握っていて、みんなにバラされるより一人で独占《どくせん》しておきたい……とか？」

「考えただけでも恐《おそ》ろしいな！」

もちろん、フィオは悪気があってエイリスを疑っているわけではないだろう。

ただ、フィオは人より頭が回ってしまうだけだ。

「ええいっ、鬱陶《うっとう》しい！　貴様ら、もう――黙りやがれ！」

「…………っ！」

レイアたちに続いてナギも駆け出そうとしたところで。

覇皇が身体をまっすぐに起こし、その口からなにかが響《ひび》き始めた――

「これは人魚の歌《セイレーン・ソング》……いや、違う！」

クジラは歌をうたい、互《たが》いに意思を伝え合うという伝説がある。

だが、覇皇がいくらクジラに似ていてもクジラではない。

その歌も、ただの歌であるはずがなく――

「くっ、これは……〝眠りの歌《スリープ・ソング》〟か……！」

ナギは、たちまち意識が遠くなっていくのを感じた。

眠りをもたらす攻撃は、低級モンスターでも使ってくるが、覇皇の歌の威力は桁違いだ。

支配者も、〝冥府の呼び声《デモニック・ハウル》〟という即死《そくし》、あるいは混乱や麻痺《まひ》を引き起こす状態異常攻撃《バッド・ステータス》を最後の切り札として使ってきた。

どうやら、グランドクエストのボスは共通して強烈《きょうれつ》な状態異常攻撃を持っているらしい。

「〝百年の眠り《ヒュプノスソング》〟──眠ったまま死ねるんだ、貴様らはツイてるぜ」

「ぐっ……！」

ナギにはほとんどの状態異常攻撃への強い耐性《たいせい》がある。

それでも耐《た》え難《がた》いほどの猛烈《もうれつ》な眠気《ねむけ》──

「はうん……なんて不覚……わたくしともあろう者が……」

まずレイアが倒《たお》れ、続いてミフユ、ルティと眠りに落ちてしまう。

あの三人もそれなりに耐性はあるはずだが、やはりグランドクエストのボスの睡眠《すいみん》攻撃ともなれば格が違うようだ。

「でも……なんとか耐えられる！　全員に〝覚醒《ウエイクアップ》〟を──」

ナギは、眠り解除の魔法を唱えようと精神を集中させ始める。

「むにゃ……ご、ごめん。ナギ君、わたしも眠たい……」

「………っ！」

ぽてっ、とフィオがナギの肩《かた》にもたれかかってくる。

完全に身体から力が抜けていて、ナギは慌《あわ》ててフィオを支えた。

そのときには、フィオは既に目を閉じて小さな寝息《ねいき》を立てている。

「くー……くー……すぅー……」

「………」

ナギの眠気は、あっという間にぶっ飛んだ。

フィオを抱《だ》きしめているだけでなく、彼女の顔がすぐ間近に……！

「うおおお、フィオの寝顔、可愛すぎる……！」

寝顔は野営などで何度も見てはいるが、ここまで近くで、しかも彼女を抱きしめながら
──というのは初めてだ。

フィオの寝顔から目を離《はな》せない、抱きしめた身体も離せない。

「なんてことだ、眠気に耐えたのに二段階の罠《わな》が仕《し》掛《か》けられてるとは。狡猾《こうかつ》な……！」

「いや、別にオレにそんな意図はなかったが……」

いつの間にか、覇皇の歌は止まっていて、呆れた表情を浮《う》かべている。

敵の意図がどうであっても、ナギは完全に動きを封《ふう》じられてしまった！

まさか、寝顔一つでパーティ全滅の危機を迎《むか》えるとは……！

「はぁ、まったくなにをやってるんだ、ナギナギ！」

しゅたっ、とエイリスがナギのそばに着地する。

神官も状態異常攻撃には強い耐性があり、彼女も〝百年の眠り〟に耐えきったようだ。

「フィオるんはそこに寝かせとけ！　あたしが〝覚醒〟を使うから、ナギナギは覇皇と遊んでやれ！」

「……ちぇ」

もう少しフィオの寝顔を見ていたかったのに、そうもいかないらしい。

ナギはフィオを砂浜《すなはま》にゆっくりと寝かせ、覇皇の前に立つ。

「オレの切り札にも耐えきるとはな。さすが、グランドマスターと――」

「女神の分御霊《ワケミタマ》は伊達《だて》じゃない！」

覚醒の魔法のために魔力《まりょく》を集中していたエイリスが、高らかに宣言した。

分御霊――

ナギは、その言葉に聞き覚えがあった。

「確か、支配者もエイリスをそんな風に――って、女神の？　女神のってなんだ？」

「ふっ、とうとうあたしの正体を明かすときが来たか。まったく、もうちょっと劇的なとこでかっこよくバラしたかったのに！　でもな、モンスターにバラされるよりマシだ！」

エイリスはなぜか、むしろ嬉《うれ》しそうだった。

「分御霊――つまり、女神の分身。女神の魂《たましい》の一部が、地上におけるかりそめの肉体に宿った存在のことさ！」

「……女神の一部？　エイリス、おまえが……？　いや、そうか……！」

ナギは驚《おどろ》きつつも、納得できるものも感じていた。

そうだ、髪《かみ》がほどけたエイリスが誰かに似ていると思った――

他の誰でもない、六年前にナギの前に降臨した〝剣《けん》の女神〟。

見た目の年齢《ねんれい》こそ違えど、剣の女神とエイリスの顔はあまりによく似ている。

どうして今まで気づかなかったのか、不思議なくらいだ――

「ええ、久しぶり――でもありませんね、我が契約者《けいやくしゃ》。あらためて名乗りましょう、私が剣の女神エイリス。そなたに力を授けし者――」

穏《おだ》やかに語ったエイリスは、まだ魔力を集中させている。

目の前にいるのは、剣の女神なのか、神官エイリスなのか。

ナギには、わからなくなってしまう――

「まあ要するに、あたしは剣の女神の分身で、操《あやつ》り人形みたいなもんだ。本体は天上の世界にいるし、ここにいるのが女神本人とも言えるんだよなー」

「……さっぱりわからん」

いつもの口調に戻《もど》ったエイリスに、ナギは首を振《ふ》ってみせた。

「神のことは、人間にはわかりにくいもんだよ。あんま気にすんな。あたしは神官エイリスであって、剣の女神でもあるってだけだ！」

「……一つ訊《き》いていいか？　なんでそんな子供みたいな身体《からだ》なんだ？」

「小さい身体のほうが扱《あつか》いやすいんだよ。操作に必要な力もわずかで済むし」

「………………」

そういえば、女神を自称《じしょう》していたソフィアも小さかった。

ホテルにいた水着姿の幼女たちも全員が女神だったようだし……。

女神を信奉《しんぽう》している神殿《しんでん》の神官たちが知ったら気絶しそうな話だ。

しかし、エイリスが強大な魔力を持っていたり、神官なのに剣が使える理由は納得できた気がする。

女神が強い力を持っているのは当たり前だし、剣を司《つかさど》る女神なら刃物《はもの》が使えてもおかしくない。

「あと、分身でも神だから奉《たてまつ》られたくて！　実際、冒険《ぼうけん》者ギルドの一部の野郎《やろう》どもからはあたし大人気らしいぞ！　奴《やつ》ら、通報したほうがいいな！」

「初耳だな！」

そんなオチはあまり聞きたくなかった。

ナギの性癖《せいへき》がどうのと噂《うわさ》されてるらしいが、本当にヤバい連中は他にいるようだ。

「ま、それはともかく……すまなかったなー、ナギナギ」

「は？　なんだ、急に真面目《まじめ》に……うおっ！」

ナギは、覇皇《ダイナスト》が吐《は》き出したアクアブレスを〝聖光防壁〟でかろうじて止める。

覇皇は、ナギたちがのんびりおしゃべりするのを許してくれないようだ。

「再契約のことだよ。ナギナギは、あたしのお気に入りだからなー。フィオるん、フィオるんって夢中なのがちょっと面白《おもしろ》くなくてさー」

「……ま、まさか俺の気持ちって……！」

ナギは、覇皇が何度も繰《く》り出してくるアクアブレスを必死にさばきつつ。

「あたしにはバレバレだっつーの。でも、あんなクジラ野郎が暴露《ばくろ》してフィオるんにバレるのも面白くないからなー」

「……それで、さっき覇皇の邪魔をしまくってたのか」

フィオの疑問の答えが、ここで出たようだ。

「あと、一応言っておくけど、フィオるんに嫉妬《しっと》して、嫌《いや》がらせで〝恋愛《れんあい》禁止〟を再契約の条件にしたんじゃないぞ」

「え？　違うのか？」

ここまでの話の流れだと、そうとしか思えないが。

「まあ、それもないとは言わんけど」

「どっちなんだよ⁉」

「はっはっはー、神は気まぐれなのさ！」

「おまえが気まぐれなだけって気がするぞ……」

仮にも相手は女神なのだから敬意を払《はら》わなければならないのだろうが、姿がエイリスなので、ナギはその気になれなかった。

「再契約っていうのは、なかなか難しいんだよ。相手――ナギナギにもかなりの代償《だいしょう》を差し出してもらわないと、成立できない。女神の力を与《あた》えるっていうのはけっこう大事《おおごと》なんだぜ？」

「それは、わからんでもないけど……」

女神契約者というのは、世界で十数名しかいない。

しかも、ナギのように一度解除されてしまった契約を再び結び直すのは、大変なことなのだろう。

「ナギナギにとって、フィオるんへの告白が、フィオるんと結ばれることがなによりも大事なことだったから。だからこそ、再契約の代償になったんだ」

「…………」

俺にとって、フィオの存在はそこまで大きいものだったのか。

フィオと結ばれることは、神との契約と釣《つ》り合うほど大事なことで――

確かに、エイリスの話は嘘《うそ》じゃなさそうだ。

エイリスはただ嫌がらせのために、〝恋愛禁止〟を代償としたわけではない。

女神は、俺を救ってくれたんだよな――

「ありがとうな、エイリス。おまえのおかげで、支配者を倒して、生き延びられたんだ」

「おーっ、もっと感謝しろ感謝しろ！　この幼女を女神として崇《あが》め奉るがいい！」

「…………」

こんな調子でなければ、もっと感謝できるのに。

重ね重ね、残念すぎる女神だった。

「この話はここまでだ。さあ、みんなを起こすぞーっ！　目覚めよ——〝覚醒《ウエイクアップ》〟！」

エイリスの杖《つえ》からまばゆい光が溢《あふ》れ、あたりを照らし出す。

その光を浴びた紅い戦団の仲間たちが、次々と目を覚ましていく——

「うっ、ううん……？　ナギ、くん……？」

「フィオ！　さあ、起きろ起きろ！　そろそろ終わりにするぞ！」

ナギは気を取り直し、剣を掲《かか》げて叫《さけ》んだ。

そうだ、もう終わりにしなくてはならない。

覇皇を倒し、リッテを救い、フィオの二つ目の呪《のろ》いを解く。

ナギがまずやらなければならないのは、その三つだ。

「覇皇、切り札を出し切ったおまえに勝ち目はない！　紅い戦団が、おまえを滅《ほろ》ぼす！」

「……人間ごときが！　いいだろう、滅ぼしてみせろ！　支配者と同じだと思うんじゃねえぞ！　あんな鷲野郎《わしやろう》はオレの足元にも及《およ》ばねえんだ！」

「鷲と張り合うクジラとか斬新《ざんしん》だな！　グランドクエストのボスなら、潔《いさぎよ》く散れ！」

「貴様らは簡単には死なせねぇ！　殺す前に、女神契約者の能力ですべてをぶちまけてやる！　少々のダメージなんざどうでもいい！　秘密をしゃべり続けてやるぜ！」

「ああっ、おまえそんなことするか!?　冗談《じょうだん》じゃゃ——」

グランドクエストのボスというのは、圧倒的な強さの割にやることがせこい。

他の冒険者たちが聞いたらガッカリするんじゃないかと思うほどだ。

「まずは——グランドマスター！　貴様の秘密からいってみようか！」

「なっ……⁉」

ナギだけでなく、エイリスもびくりと身体を強張《こわば》らせる。

なぜか、紅い戦団のみんなは期待しているような顔にも見える。

くそっ、他人事《ひとごと》だと思って……！

「ナ、ナギ君の秘密……！」

特に、フィオが目をキラキラさせて覇皇を見上げている。

いや、その話を聞いて一番驚くのは君だからな？

というか、クエストのボスに好きな子が誰《だれ》なのかバラされるとか、地味に最悪すぎる。

これほどまでに嫌な攻撃《こうげき》を仕掛けてきたモンスターは、ナギの記憶《きおく》にない。

「どうする……⁉」

ナギが持てる最大の攻撃で、一気に覇皇を葬《ほうむ》り去るか。

それでも一撃で仕留められなかったら、覇皇は最後にナギの秘密をバラしてから死んでいくだろう。

大物ボスモンスターは、死に際《ぎわ》に一言遺《のこ》していくものなのだ。

我が滅びても新たな闇《やみ》が現れる、とか。

いつか必ずよみがえり、そのときこそ世界を滅ぼしてやろう、とか。

まさか、「おまえの好きな子はそこの魔法使《まほうつか》いだ！」などと言い残すとは思えないが、このボスはやりかねない。

「いや、というか……」

もう勝てるかのような雰囲気《ふんいき》だが、相手はグランドクエストのボス。

まだ、勝負がどう転がるかわかったものではない。

だったら——だったら、やるしかない！

「うおおおおおっ、フィオ！　フィオ、聞いてくれ！」

「えっ？　な、なに？」

やられる前にやる——言われる前に言ってやる！

ナギは覚悟《かくご》を決め、フィオのほうへと向き直った。

「フィオ、俺は君が——」

と言いかけたところで、当然のように〝恋愛禁止〟のルールに抵触《ていしょく》。

「きゃああっ」「うわっ」「やーんっ」「うおーっ！」

紅い戦団の女性陣《じん》三人と、なぜか男のミフユまでナギのそばへと短距離《たんきょり》を瞬間《しゅんかん》移動。

レイアたちが密着してきて、ナギはその柔《やわ》らかい身体を抱き寄《だ》せてしまっている。

「なんぼのもんだーっ！」

まるでエイリスのような台詞《せりふ》を叫びながら、ナギはまっすぐにフィオを見つめている。

他の女の子を抱きながら告白してはいけないなんて、誰が決めたんだ！

ああ、美少年を抱きながらだって、別にかまわないはずだ！

もはや、ナギはなかばヤケクソだった。

「フィオ、俺は君のことが――」

「ぎゃあああああっ！」

女性陣三人と男一人が、さっきよりもさらに大きな悲鳴を上げた。

唐突《とうとつ》に、全員の服がすり抜《ぬ》けるようにして脱《ぬ》げてしまったのだ。

「ど、どうなってますの⁉　は、肌《はだ》を見せるなら――せめて寝台《しんだい》の上で！」

「やーんっ、とうとうメイド服の下のイケナイ身体をご主人様に視姦《しかん》されました！」

「うおうっ、まさか神聖なるあたしまでひん剝《む》くとは！　神をも恐《おそ》れぬな、ナギナギ！」

「ま、まずい……こんな姿を見られたら腹切りじゃ済まない！」

ナギにぴったりくっついていた四人は、全裸《ぜんら》になっている。

レイアの真っ白な肌、ルティの健康的な身体つき、エイリスの幼い身体。

おっぱいだのお尻《しり》だの、もっととんでもないところまで、いろいろと丸見えだ！

ミフユは素早くナギの背中に隠《かく》れたが――あるはずのないものが見えた気がする。

確かに、これは告白の妨害《ぼうがい》には最適かもしれない。

全裸の女の子たちと男を抱きながら本命に告白できる人間など、この世にいるだろうか。

「だから、俺はもう知ったことじゃないっ。全裸だろうがドンと来い！」

「わたくしはドンと行くつもりはありませんわよ⁉」

抗議《こうぎ》の声は聞き流すことにする。

「いいから――言わせてくれ！　フィオ、俺は君が――君のことが好きだ！」

誤解を招くようなことも、聞き間違《まちが》えるようなことも、聞き損《そこ》ねるようなこともないように、はっきりときっぱりと。

ナギは自分の気持ちを、三年間隠してきた本当の気持ちをフィオへと告げた――

「は、はわわわわ……す、すすすす、好きって……！」

フィオは顔を真っ赤にして、杖にすがりつくようにして身体を震《ふる》わせている。

どうやら、誤解もなにもなく、ナギの気持ちははっきりと伝わったようだ。

「う、うおぅ……こんな強引《ごういん》に〝恋愛禁止〟を突破《とっぱ》するとか……あれ、再契約《けいやく》も解けてないみたいだな。あー、フィオるんの返事次第……とか？」

「どうでもいい！　フィオ、俺の気持ちは今言ったとおりだ！」

「あ、あうあう……」

恋愛禁止とか再契約とか言われても、フィオにはなんのことかわからないだろう。

わからなくてもいい。フィオに自分の気持ちが伝われば、それでいいのだ。

レイア、ルティ、ミフユの三人も自分が全裸であることも忘れて、呆然《ぼうぜん》とナギを見つめているが、それもどうでもいい。

「あ、あああああ……ど、どうしよう……ナギ君、止められない……」

「へ？　止められないって……」

「ま、魔法……魔法が発動する。なんの魔法かわかんない。全部……かも！」

「ぜ、全部？　全部って……！　うおっ!?」

フィオの全身から魔力《まりょく》の波動が放たれ――

ナギでも近づけないほどの圧力となって、砂を舞《ま》い上がらせ、海が荒《あ》れ始める。

熱気と凍気がまざり合って吹《ふ》き荒れ、刃《やいば》のように鋭い風が巻き起こり、砂浜に高い波が打ち寄せ、空には黒い雲が垂れ込めて、雷鳴《らいめい》が響《ひび》きつつある。

「く、来る……来ちゃうよっ！　来ちゃう――――――――っ！」

フィオが感極《かんきわ》まったように叫び、炎《ほのお》と氷、風、水、雷《かみなり》がまとめて周囲を荒れ狂《くる》い――

すべての魔法は、覇皇へと集中して叩《たた》き込まれる。

「ぐあああああああああああああああああああああっ！」

覇皇が絶叫《ぜっきょう》を上げ、その巨体《きょたい》が燃え、凍《こお》り、斬《き》り裂かれ、潰《つぶ》され、焼け焦《こ》げていく。

フィオはギリギリのところで魔法を制御《せいぎょ》し、かろうじて敵に向けてくれたらしい。

もっとも――

「ぎゃ――――――――っ！」

しっかりと魔法の一部が反射されてきて、ナギとフィオ、仲間たちに激突《げきとつ》する。

炎なのか氷なのか風なのか水なのか雷なのか――ナギは自分がなにをくらったのかすら
わからず、その場に膝《ひざ》をついてしまう。

「や、ヤバい……！」

もちろん、紅い戦団の仲間たちも次々と倒《たお》れていく。

とっさに防御《ぼうぎょ》スキルを使い損ねたので、みんな大ダメージをくらってしまったらしい。

「し、死ねるか……こんなところで……」

「まったくだな！　オレもタダでは死なねぇ！　せめて貴様らも道連れに――」

「…………っ！」

ナギは顔を上げ、まだ直立している覇皇を睨《にら》みつける。

もはや、原形も留《とど》めないほど巨体がボロボロになっているが、覇皇はまだ健在だ。

「このとんでもねぇ魔法の威力《いりょく》――そうか、そういうことかよ！　そこの魔法使い、まずは貴様の正体を読んでおくべきだったぜ……！」

「……だ、黙《だま》ってろ」

ナギは、ふらふらとよろめきながら立ち上がる。そして、思い出す。

女神《めがみ》は最初から女神として在《あ》るわけではない――

人として生まれて、女神になる――

エイリスから聞いた話が、ナギの頭をよぎっている。

だが――

「フィオは俺たちの仲間、紅い戦団の魔法使いだ。正体なんて知ったことか……！」

「……はんっ、たいしたタマだぜ、グランドマスター！　そうだな、ここまで来たらもうそんなこたぁどうでもいい！」

ボロボロの覇皇が、笑ったかのように見えた。

「ふははーっ、一緒《いっしょ》に死のうぜ、グランドマスター！　強かったぜ、貴様ら！」

その巨体が――ナギたちに向かって倒れ込もうとしている。

普段《ふだん》のナギなら最大出力のパワーで支えることもできたかもしれないが、ダメージをくらった今ではそれも無理だ。

このままでは――みんなが潰される。

今度こそ、今度こそ本当に全滅《ぜんめつ》――

「……させるか。させるかよ……！」

せっかく、やっと、本当にやっとのことでフィオに告白したというのに！

こんなところで死ねるか！

なにより――フィオを死なせるなんて、そんなことできるか！

「ナギ、くん……！」

倒れているフィオが顔を上げ、ナギに手を伸《の》ばしてくる。

ナギはその手を一瞬《いっしゅん》握《にぎ》り――

「うおおおっ！」

最後の力を振《ふ》り絞《しぼ》って立ち上がる。

これだけ追い込まれれば――使える。あの力を、もう一度！

「俺は、剣《けん》とともに極限へ至った――〝万能の担い手《グランドマスター》〟。すべてのスキルを操《あやつ》る者。すべての力を――極める者！」

生命力、攻撃力《こうげき》、防御力、魔力、精神力、敏捷性《びんしょう》――さらには、幸運などという目に見えない力まで限界を超《こ》えて引き出す。

それが、〝無限の超越者《オーバーリミット》〟。

そうだ、生命力さえ引っ張り出せば、最後に一撃くらい放てる。

「終わるのは――おまえだけだ！　俺たちはここから始まるんだーっ！」

ナギはすべての力を振り絞り、倒れかかってくる覇皇の巨体に向かって、薙《な》ぎ払《はら》う一撃を放つ。

その一撃はエネルギーの奔流《ほんりゅう》と化し、覇皇の肉体を粉微塵《こなみじん》に砕き――

それを見届けたナギは、ゆっくりと――さりげなくフィオのそばへと倒れていく。

フィオ（のナギ君観察）日記 Vol.5

遂に、グランドクエストのボスとの最終決戦！

みんなとも無事に合流できてよかったー（棒
二人きりの生活が終わって残念なんて少しも思ってないの。

戦闘中に寝ちゃったけど、ナギ君に寝顔見られたかな……？

ヤバい寝言とか言ってたらどうしよう。わたし、寝るときよく妄想してるし……。

まあ……そんなことより、ナギ君のあの、ここここここここここ、告白は……！

きゃー、きゃー、きゃああああああああっ！

あああ、頭おかしくなる……！

お返事しなくちゃいけないけど、今は無理。

冷静に、れーせーに、れー……って、ここで冷静になれるなら何度もパーティ全滅させかけてないの！

あああ、次の呪いとかどうでもよくなってきた……。

エピローグ

南国の太陽が、砂浜《すなはま》に降り注いでいる。

波は穏《おだ》やか、風もなく、海でくつろぐには最高の日だった。

「はー……人間にはこうやって落ち着ける時間が必要なんですわよね。ああ、太陽がいっぱいですわ」

レイアは、砂浜に置かれたデッキチェアに水着姿で寝《ね》そべっている。

しっかりと日焼け止めを塗《ぬ》ったその肌《はだ》は、真っ白なままだ。

ここは──アティシャの別荘《べっそう》近くにある砂浜。

二つ目のグランドクエストを終えた紅い戦団《レッド・バトリオン》は、あらためてアティシャで休養を取っているところだ。

今回は本当にかなり危《あや》うかったが、紅い戦団はなんとか全滅《ぜんめつ》を免《まぬか》れたのだ。

幸い、フィオの魔法《まほう》の反射でくらったダメージはほんの数日で回復した。

あと何日かは、アティシャに滞在《たいざい》してのんびりする予定になっている。

「私は働くのも大好きですよ。さあ、レイア様、どうぞ御用《ごよう》を申しつけてください。あ、チップはたくさんでも大丈夫《だいじょうぶ》です。重くありませんから」

「仲間からお金を取るんですの⁉」

「冗談《じょうだん》ですよ」

レイアのそばで甲斐甲斐《かいがい》しく働いているのはルティだ。

働くとか言っているが、彼女も遊ぶ気満々らしく、水着姿だ。

「はぁ……休養を仕切り直すなら、僕は山がよかった。山はいいぞ、空気も澄《す》んでるし、
涼《すず》しいし、いくらでも修行できる」

「それ、休暇《きゅうか》じゃないだろ」

ナギは、レイアたちから少し離《はな》れたところで、ミフユと並んで砂浜に座っている。

二人とも、ルティが用意したサンドイッチを齧《かじ》っているところだ。

一応、ナギも水着は着ているが、ミフユのほうはまた上着を着込んでいる。

ミフユはどうしても肌を見せたくないらしい。

サムライがみんなそうなのか、東方民族がそうなのか、そろそろ知りたいところだった。

「ぷはーっ、気持ちよかったーっ。あ、これお土産《みやげ》。焼くもよし、蒸《む》すもよし！」

海から上がってきたエイリスが、どさどさと貝を砂浜に投げ出す。

泳ぎに行っていたはずだが、なぜか食材を確保してきたらしい。

「…………」

「ん？　なんだ、ナギナギ。いくら幼女好きといってもそんなにあたしを凝視《ぎょうし》したら、警備団にしょっぴかれるぞ？」

「誤解を招くことを言うな……」

ナギは、いろんな意味で呆《あき》れている。

エイリスは、今までと変わりなくパーティの一員のままだ。

正体をバラしたことなど、忘れてしまったかのようだ。

とはいえ、わざわざナギ以外のみんなにもバラすようなこともしていない。

今までどおり、神官のエイリスとして紅い戦団の一員でいるつもりのようだ。

ナギとしては、エイリスに訊《き》きたいことは山ほどあるのだが——

「あー、サンドイッチ！　あたしももーらいっ。やっぱルーたんの飯《めし》は美味《うま》いなあ！」

「……おい、それ俺の食べかけ！」

エイリスはナギが手にしていたサンドイッチを強奪《ごうだつ》し、ぱくぱくと食べた。

どう見ても、これが女神《めがみ》様とは思えない。

覇皇《ダイナスト》との戦いで聞いた話は、全部冗談だったのでは……？

「喉《のど》も渇《かわ》いたなー。あ、ソフィアたんからぶんどってきたワインがあったよな！」

「はーい、今出しますねー」

「って、吞《の》ませるなよ、ルティ！」

いくら他に人目がなくても、幼女に――少なくとも幼女の姿をしている生き物に酒は吞ませられない。

とりあえず――

今はまだ休養中。面倒《めんどう》くさい話は後回しにする――のもいいだろう。

それより、もっと気になることがあるからだ。

「海はいいな……落ち着くよ……」

ざざーん、と寄せては返す波のそばに、青髪《あおがみ》の少女が座っている。

水着姿のフィオは、みんなから離れて波打ち際《ぎわ》でぼんやりしているのだ。

さっきから、時折どうでもよさそうなことをつぶやいている。

――グランドクエストのボス、覇皇を倒して無事に〝支配と願いの魔晶石《セイクリッド・クリスタル》〟を手に入れた。

今回も特に誰《だれ》にも異論はなかったため、フィオの願いを叶《かな》え、魔法反射の呪《のろ》いも無事に解けた――のだが。

「うーむ……」

フィオもまた、覇皇との戦いで聞いたはずの話を忘れてしまったかのようだ。
ナギの告白について、フィオは一切なんの話もしていない。もちろん返事などない。
他のみんなも、ナギの一世一代の告白は聞いていたはずだが、知らんぷりだ。
むしろ、竜《ドラゴン》の逆鱗《げきりん》のように絶対に触《ふ》れてはいけないもの扱《あつか》いされている。
レイアたちの動向も不気味ではあるが——もちろん、フィオの反応が一番重要だ。
死ぬような目に遭《あ》って告白したのだから、ナギとしてはなんらかの答えがほしい。
でも、返事をもらうのもそれはそれで怖《こわ》い！
告白に成功しても、ヘタレなグランドマスターは健在だった。
「あーっ、みなさんここにいたんですねえ！」
「おおっ、リったん！　もう回復したのかーっ！　よかったな！」
手を振りながら、バニー姿の賢者《けんじゃ》が走り寄ってくる。
覇皇が倒れたあと、ナギたちはしばらく気を失っていたが——
目が覚めたときには、リッテも砂浜に倒れていた。
リッテを能力ごと吸収したのは、覇皇のスキル。
その覇皇が死ねばスキルは解除され、リッテも戻《もど》ってこられた——というわけだ。
ただし、体力を激しく消耗《しょうもう》しており、治療院《ちりょういん》送りになっていたのだが。

「ソフィア様が今夜、みなさんをホテルにご招待したいとのことですう。いいワインが手に入ったので、自慢《じまん》したいとかあ」

「自慢するだけかよ！」

呑ませてくれるわけではないらしい。

グランドクエストから帰還《きかん》後、一度だけ会ったときにエイリスにワインをパクられたのを根に持っているのだろうか。

「あはははぁ、ソフィア様はそういう方なので。でも、グランドマスターの生態観察のレポートは大喜びしてくださいましたあ！」

「おまえ、グランドクエストのレポートを書いたんじゃ⁉」

「そのつもりだったんですが、グランドマスターさんのほうが面白《おもしろ》そうだったのでえ」

「こ、こいつ……」

どんなレポートを書いたのか、見てみたいような決して見たくないような。

「ところで、魔法使いさんはどうかしたんですかあ？　たそがれちゃってますけどお」

「……そうだな、ちょっと様子を見てこよう」

ナギは立ち上がり、フィオのところへと歩いて行く。

エイリスから、ワクワクした目が向けられているが、気づかなかったことにする。

「あ、あのさ、フィオ……」

「ん……」

フィオが、座ったままナギのほうを振り向く。

ナギは、ドキリとする。

その目が、妙《みょう》に色っぽいように見えたからだ。

いつものフィオとどこか違《ちが》う——？

「ど、どうかしたのか、フィオ？　まだ傷が治りきってないとか？」

「んー……」

フィオは、小さく唸《うな》ってから立ち上がり、ナギの前まで歩いてきて。

「へ？」

なんでもないことのように、ごく自然にナギに抱《だ》きついてきた。

「はっ、はぁ⁉　フィ、フィオ、いったいどうした——」

「わかんないけど、こうしたくなったの……」

フィオの柔《やわ》らかい胸が押しつけられ、髪の甘い香《かお》りが漂《ただよ》ってくる。

ナギは、突然《とつぜん》の事態にいっぱいいっぱいだった。

「わからないって……え、ええと、これが返事ってことじゃないのか……？」

「返事……？　ううん」

フィオは、小さく首を横に振《ふ》って。

「わたし、なにもわからない。どうしちゃったのかなあ。そっか、わたしってフィオっていうんだね」

「…………っ⁉」

ナギはフィオの両肩《りょうかた》を摑《つか》んで身体《からだ》を離し、彼女の目を覗《のぞ》き込む。

冗談を言ってる目じゃない――！

「わたし、あなたに抱きつきたいってことだけはわかるの。変だね」

「……フィオ⁉」

「このまま、あなたを抱き枕《まくら》にして寝たいくらいだよ。不思議だね」

「…………」

なんか、いまいち言ってほしい言葉じゃないような。

それでも――これは、もしかしなくても。

「これが三つ目の呪い……⁉　記憶《きおく》がないのか、フィオ！」

「…………？　そうなの？」

フィオは、まったく状況《じょうきょう》が理解できていない顔だ。

モンスター引き寄せ体質、魔法反射に続いて――記憶喪失《きおくそうしつ》⁉

なにかが発動するとは予想していたが、戻ってきてからのフィオには異常はなかった。

呪いが発動するまで、時間誤差《タイムラグ》があるのかも。

「フィオ、どこまで……」

いったい、どこまで忘れてしまっているのか。

もし、なにもかも忘れているなら、フィオはもう大魔法使いじゃない？

それよりなにより、十七年の思い出を、紅い戦団での戦いの日々を、ナギと出会ってからの三年間を――そして、ナギの告白のことを忘れていたら？

ど、どうしよう……。

これって、全滅以上に最悪な展開なのでは？

ナギはフィオの両肩を摑んだまま、なにもできなかった。

紅い戦団は、俺は、フィオは――いったい、どうなっちゃうんだ？

あとがき

どうもこんにちは、鏡遊《かがみゆう》です。

無事に2巻が出せました。あまり間も空けずに済んで、ほっとしております。

ファンタジーとはいえ、ラブコメ。やはり水着回は外せないだろうということで、パーティのみなさんには海に行ってもらいました。

冒険《ぼうけん》の舞台《ぶたい》で海はメジャーですしね。普通《ふつう》のファンタジーなら水着で遊び回ったりはしない気もかなりしますが。

今巻を執筆《しっぴつ》していたのはちょうど夏だったので、イメージもしやすかったです。まあ、書いてる本人は海も水着もこれ以上ないくらい無縁《むえん》でしたけどね……。

ところで、ゲームシナリオのお仕事だと、ゲームが発売される時期と作中の季節をリンクさせることを企画《きかく》時に考えたりします。

特に、季節をイメージしたＢＧＭとか音響《おんきょう》とか、リアルな季節とシンクロしてると良い感じにじ〜んと染《し》み入ってくるんですよ。

まあ、たいていは発売が後ろにズレて「水着だ花火だスイカだーっ！」って夏全開の作品を真冬に出したりするんですよね。それどころか、翌年の冬になったりも……。

そんな恐《おそ》るべきゲーム業界あるあるは、別にいいんですが。

冒険よりも恋愛《れんあい》を優先するとんでもパーティのラブコメ模様も盛り上がってきました。

ナギたちのこじれた恋愛がどうなるのか、作者自身も楽しみですよ。

おにぎりくん先生、1巻に続いて素晴《すば》らしいイラストをありがとうございます。可愛《かわい》くてエロいフィオから、ロリなエイリスたちまでみんな良かったです！

担当さん、今回も大変な進行になってしまい、またえらくお世話になりました。

この本の制作・販売《はんばい》などに関《かか》わってくださったすべての皆様《みなさま》、ありがとうございます。

そしてなにより、読者の皆様に最大限の感謝を。

またお会いできたら嬉《うれ》しいです！

鏡遊

富士見ファンタジア文庫

最強《さいきよう》パーティは残念《ざんねん》ラブコメで全滅《ぜんめつ》する!? 2
恋《こい》と水着《みずぎ》の冒険天国《ぼうけんてんごく》

平成29年11月20日　初版発行

著者――鏡遊《かがみゆう》

発行者――三坂泰二
発　行――株式会社KADOKAWA
〒102-8177
東京都千代田区富士見2-13-3
0570-002-301（ナビダイヤル）
印刷所――暁印刷
製本所――BBC

※定価はカバーに表示してあります。
KADOKAWA　カスタマーサポート
［電話］0570-002-301（土日祝日を除く 10時～17時）
［WEB］http://www.kadokawa.co.jp/（「お問い合わせ」へお進みください）
※製造不良品につきましては上記窓口にて承ります。
※記述・収録内容を超えるご質問にはお答えできない場合があります。
※サポートは日本国内に限らせていただきます。

ISBN978-4-04-072383-9 C0193

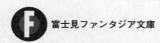

第31回ファンタジア大賞
原稿募集中！
賞金
〈大賞〉300万円
〈金賞〉50万円
〈銀賞〉30万円
胸がキュンキュンするような
原稿待ってるよ！
締め切り
後期 2018年2月末日
選考委員
葵せきな「ゲーマーズ！」×石踏一榮「ハイスクールD×D」×橘公司「デート・ア・ライブ」×ファンタジア文庫編集長
投稿＆最新情報▶http://www.fantasiataisho.com/
イラスト：深崎暮人